VTuberなんだが配信切り忘れたら伝説になってた6

七斗 七

ファンタジア文庫

3274

口絵・本文イラスト　塩かずのこ

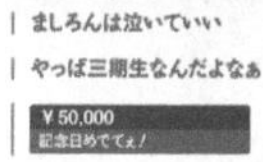

VTuberなんだが配信切り忘れたら伝説になってた［5］

いままでのあらすじ

999,999,999回視聴・2022/09/20　❤9999　155

シュワちゃん切り抜きch
チャンネル登録者数 12.5万人　登録済み

スト〇〇ニマケタ

スト〇〇ニマケタ
女ニモマケタ
配信ノ接続ニモマケタ
アバターノカラダヲモチ
慾シカナク
イツモゲラゲラワラッテヰル
一日一本ノロング缶ト
リスナーカラノコメントトカステラヲタベ
アラユルコトヲ
スト〇〇ヲカンジョウニ入レ
ミキキシタモノハ曲解シ
ソシテワスレル
ネットノヨーチューブノカタスミノ
ゲキヤバノVTuberノハコニヰテ
東ニ喉壊シタ光チャンアレバ
行ッテドMニ調教シ
西ニツカレタ赤子アレバ
行ッテソノ子ノ最ママトナリ
南ニ死ニサウナ園長アレバ
行ッテモットコハガレトイヒ組長ニ
北ニ暇サウナノラネコアレバ
共ニ歴史ノ汚物ヲ処理スル
ハレルンノライブマジサイコウ
有素チャンノ妄信マジカンベン
シオンママニデクノボーニナレトイワレ
マシロンニホメラレタイ
チャミチャンハワタシワルクナイ
サウイフ聖様並ミノモノニ
ワタシハナッテシマッタ

プロローグ

『この度、私、星乃マナは……VTuber活動を卒業することを決めました』

「まじかぁ……」

配信外、スマホの画面に流れる動画を凝視しながら家の中をバタバタと歩き回る奇行女が居た。私こと田中雪である。

『具体的に言うと一ヵ月後ですね。突然の報告になってしまってごめんなさい』

「まじかぁ……うわぁまじかぁー……」

語彙力の語の字すら感じられないうわごとを呟きながら、ただ意味もなく家の中を何周も歩き回る。

このような茫然自失とも言える状態になってしまった原因は、勿論スマホに表示されるこの動画だ。

星乃マナちゃんが卒業する……それは本当に突然の発表だった。

星乃マナちゃんは、VTuberを少しでもかじっていれば、彼女の名前を知らない人はいないほどの有名人だ。少し前に私のカステラ返答枠でもその名前が出たことがあったが、改めてその軌跡が私が一歩家の中を進む度、脳内に蘇る。

ライブオンで晴先輩がデビューするよりもずっと前——ライブオン黎明期どころか箱の概念すらまだ浸透していない、VTuber業界そのものの黎明期に彼女は生まれた。

彼女の功績と言えば、当時まだVTuberとして活動している人すら数えられるほどしか居ない中、所属している企業のサポートを受けたユニークな企画の動画を精力的に生み出し、業界をリード、形成していったことだろう。

やがてVと言えば真っ先に名が挙がる1人になったマナちゃんは、同時期に同じく突出した人気を獲得していたV3人と共にVTuber四天王と呼ばれるようになり、星のように輝く存在になる。

そこからは私たちのような箱（元はアイドル用語）と呼ばれるグループ系Vの台頭などもあったのだが、それでも常に第一線で走り続けた大人気VTuberであり、Vの歴史に深くその名は刻まれている。

今日ではその強烈なプロ意識の高さがカリスマにも繋がり、V業界の中でいわば神格化された存在になっていた。

当然私なんかは全然関わりもないし、Vにハマったのもライブオンを見るようになってからだから彼女がスターになっていく姿をリアルタイムで見た訳でもない。

ただそれでも、今自分がVとして活動できているのはマナちゃんのような先人が居たからだということは重々承知していて、多大な尊敬の念を抱いていた。

そんな彼女が――遂に卒業する。

『今まで本当にありがとうございました。あははっ、実際にはまだ活動開始から10年とか経ったわけじゃないけど、それでもあまりに思い出が多すぎて……この活動期間は私の人生で最も素敵な時間でした。後悔なんて一切ない、一生の誇りです』

「まじかぁ――――ううう――――」

実はこの動画、これが初めての再生ではない。

もう何度目かも分からない程リピートしており、その度に今のような奇行を繰り返している。

Vはとても入れ替わりが激しい業界でもある。ライブオンに現在その傾向はみられないものの、卒業などの話題は珍しくない。

それでも……やはりショックだ。

憧れの人の卒業自体が悲しいのもあるが、多くのVが生まれるきっかけになったマナち

重大発表

やんの卒業を見て私は、まるで一時代の終わりを見たかのような喪失感に苛まれていた。
　ＳＮＳも今はこの話題で持ちきりだ。ライブオンの共通チャットも皆衝撃を受けている。
　本当に多くの人に愛されたVTuberだった。

『えーなんかすっごく改まった感じになっちゃったけど！　最後の一ヵ月、卒業した後も皆の心の中で輝く星でいられるよう全力で活動していくので！　まだ一ヵ月あるからね！　忘れないでね！』

「うううマナちゃんんんん――――‼‼」

　卒業発表でも明るく振る舞うマナちゃんの姿が胸を打つ。
　突然の発表だったが、この様子を見るにずっと前から決めてはいたのだろう。
　直接関わる機会はなかったとはいえ、間接的な大先輩の卒業だ。盛大に見送ってあげるのが良い後輩ってやつだろう。

『そして一ヵ月後……特別な卒業配信を開いて、本当のお別れにしたいと思います。わがままでごめんね。でも、見に来てくれると嬉しい……あんまりしんみりするのは好きじゃないからさ、最後は笑顔で卒業できたらいいなって思ってる！』

「うん！　見に行きます！　絶対見に行きます！」

　そうだ、この一ヵ月はマナちゃんの過去動画をひたすら見ることにしよう。そして思い出に浸りながら笑顔で卒業を見送るんだ。

『それじゃあ最後の一ヵ月、頑張っていきましょー！』

そうマナちゃんは元気よく声を張り上げ、動画は終わる。またリピートしようかとも迷ったが、いつまでもリピートしていては何も進まない。

そうだ、これは私もへこんでなんていられないんだ！　マナちゃんが残してくれた業界に生きる者として、私ももっと輝かねばいけない！　しっかりするんだ淡雪(あわゆき)！

自分自身に活を入れ、動画を閉じる私なのだった。

第一章

ワルクラ配信3

　さてさて、今回の配信はカステラ返信をした後、恒例になりつつあるワルクラの配信をする予定だ。ちなみに素面(しらふ)である。

　初めは人工物がほぼ存在せず、大自然のみが広がっていたライブオンのワルクラサーバーライブワールドだが、ガチ勢エンジョイ勢両方あれど未(ま)だログインが絶えない状況にあり、今では様々な建築物がひしめき合う立派な『街』が形成され、日々規模を膨らませている。

　私は気が向いた時にプレイする生粋のエンジョイ勢側なのだが、今日はその街をリスナーさんと共に観光しようという企画だ。

　隅々まで街を回るのはこれが初めてだから、きっと私も初見のものが多く見つかるだろう。リスナーさんだけでなく私も楽しみ！

　というわけで、まずは以上のことをリスナーさんにも説明した後、ログインがピークになる時間帯までカステラ返信の時間といこう！

「え～というわけでですね、一通目のカステラはこちらでございます！」

@スト○○値上げの件、嫁に話しました。

俺に嫁はいませんでした。

途端に泣き崩れる俺。@

「あ～値上げしてましたねぇ……どうしましょう……なにを悩んでるって、よくシュワの時にコンビニ価格の値段を神聖三桁って文言と一緒にスパチャで貰うことがあるので、急に変えると混乱しそうなんですよ……そうだ！　もうこうなったら、これからのスト○○の値段は新旧全て神聖三桁ってことにしましょう！　今後も値段の変動あるだろうしね。スト○○の軌跡は全て崇めるべきってきっとシュワも言いますよ！」

：神聖三桁（変動制）は草
：自由な宗派だwww
：これもある意味スト○○らしいってことで！

：162と220が追加ってことかな？

：俺は慣れ親しんだ旧式を使うぜ！ ¥２１１

「そんな感じでよろしくお願いします！ ……あと、カステラの内容が元ネタよりよっぽど悲しくて草すら生えないんですが……そうだ、皆と一緒にちゃみちゃんをお嫁に貰いましょう！」

@よし何か送るぞ～と思ったのに、カステラの円筒がスト〇〇にしか見えなくなってきてもうそれしか考えられません。これが恋なのでしょうか？@

「恋というものに疎すぎなのではないでしょうか？ ほら、そんなシュワシュワのチューハイなんかに見蕩れてないで私を見てください！ ほらガチ恋距離ですよ～？ うふふっ、一発目ということもあってキス顔のサービスです！ んんん～～」

：殴りたい

：目を開けろ

：喋れ

：何一つ飾らない言葉で全否定するの草

：ドレインキッス怖い、中身のレモン味全部飲まれちゃう

：→もしかしてスト〇〇さんだったりします？

：スト○○もVにコメントする時代になったんだなぁ

：かわいい（小声）

：あわちゃん、飲んでさえいなければ！

「んーもぉ！　皆様最近私に冷たすぎではありませんか⁉　何度も言っていますが私はこんなに清楚なんですよ！　今の流れで清楚じゃないところがあったのなら言ってみてください！　初見さんだって困惑しちゃうじゃないですか！」

：もう見た目とか声とかの次元じゃなくてオーラが淀んでるんよ

：デジタルタトゥー彫られ過ぎてて清楚な素肌が見えないんよ

：綺麗な顔してんだろ？　酒なんだぜ？

：文脈の破壊力凄くて草

：自分で清楚連呼してる時点で自称って言ってるようなものなんですよ

「んーなんだろう、論破するのやめてもらっていいですか（泣）」

：クソザコひろ○きやめろ

：才能がなかった世界線のひろ○き

：匿名掲示板作る時間を使ってスト○○飲んでた世界線のひろ○き

：それはもうひろ○きというより○○ゆきって感じやな

：淡雪に寄ってきたの草
：スト○○飲む人、天才です
：皮肉かな？
：まぁシュワちゃんはある意味では天才だし……
「あのですね、最近本当に思ったんですよ、裏も表も本当に何も知らない完全初見の人から見たら、シュワじゃない方の私はどう見えているのだろうって。この配信に完全初見の人はいるんですかね？　やっぱり切り抜きからある程度知って来た人とかが多いのかな？」
：初見です、スト○○みたいですね！
：初見です（プシュ！）
：**初見です　￥２１１**
：初見です、ゲロ吐きました？
：初見です、どちゃシコしていいですか？
：初見です、ミラノ風ゴリラください
「おい！　今の人達絶対全員初見じゃないでしょ！　コメント欄を大喜利会場にするのは清楚じゃないですよ！」

：草
：いや待て、最後のサイゼに来たのかそうじゃないのかよくわからん奴は初見の可能性あるぞ！
：今更だけどゴリラじゃなくてドリアじゃね？
：おしゃれさんなゴリラなんでしょ
：組長のボディーガードしてそう
「いや十中八九初見じゃないですからね？　だって皆様の中で別箱のガチ清楚のライバーさんのコメント欄にミラノ風ゴリラなんて書く人いないでしょ？」
：別箱まで行かないと清楚な人が見つからないの悲しすぎる
：普通に居そうなのがこの業界の恐ろしいところ
：まじの初見です、爆笑してしまいました！　これから推します！
：完全初見です、せいそ……ではないかもしれないですけど、めっちゃ好きです！
：おお⁉
「え、あっ、本当に初見の方ですか⁉　あ、ありがとうございます……えへへ、あの、楽しんでもらえたのなら私も嬉しいです！　こっ、これからも見てください！　ってこれじゃあなんか強制してるみたいであれですね、あはは、えっと、み、皆様に楽しんでほしいと願って配信をしているので、よろしければこれからも見に来てくださいね！」

：あれ？　清楚だ

：お前誰だ？

：あわちゃんは清楚だって俺だけは気づいてたよ

：初見バキュームやべぇな

：本来想定されていた心音淡雪

：それ多分ライブオンは最初から想定してないぞ

「ふう！　なんだか初見さんがいることも分かって清楚だってやっと言われたしで嬉しくなってきてしまいました！　この調子で次のカステラも行きますよ！」

@ほう、炭酸抜きスト○○ですか…大したものですね。

※先日の監禁人狼の冒頭にて大量の炭酸抜きスト○○が待ち受けてるとおっしゃっていましたがその後無事飲みきったのでしょうか？　もしよろしければ参考までに通常版との違いをレビューして下さい。@

「あぁ、あれですか……はい、無事先日飲み切りまして。何と言いますか……年老いて丸くなったスト○○みたいなお味でしたね、ごちそうさまでした」

：絶妙に言葉濁してて草

：ビワハヤネキの為にバナナ味出してあげて
：と、炭酸抜き淡雪が申しております
：え、あわちゃんがスト○○飲んだの？
：おや？
：ここで自ら立てた別人説が足を引っ張る
「あ、ちがっ、あっ、」
し、しまった！　今まであわの時に露骨なスト○○飲みましたアピールは控えるようにしていたのに、清楚って誉められて嬉しくなったせいで気が緩んだ！
どうしよ、釈明するか？　いや今のガチトーンは流石に誤魔化せない！
……よし、こうなったらあの芸人さんの理論を借りよう。
「えぇ飲みましたよ？　飲みましたとも。でもあのスト○○は炭酸が抜けたことで同時にアルコールも飛んだので実質度数は０、大人のフルーツジュースなわけです。私が飲んでもなにも問題ありません」
：えええ
：どっかで聞いたことある理論だな
：開き直るな

：アルコールゼロ理論は草

　ふふふっ、どうよこのカロリーゼロ理論ならぬアルコールゼロ理論、これでこの場はしのぎ切って見せましょう！

「なにか反論があるのでしたらどうぞ？　Ｖ界のひろ○きことこの淡雪が徹底的に論破してあげますよ？」

：さっき論破しないでって泣いてた人が何か言ってる

：うそつくの、やめてもらっていいですか？

：でもスト○○は家にあったってことですよね？　買ったんですか？

「スーパーで喉が渇いていたので炭酸ジュースと間違えて買いました。喉が渇いているときに飲んだのでアルコールが喉に引っかかって体には吸収されないのでアルコールゼロです。というか私が飲んだのは炭酸も抜けていたのでマイナスです。度数マイナス９％です」

：度数マイナスは草

：というかスト○○は瞬間冷凍したときにアルコールも一緒に凍らせた結果アルコールは死ぬから最初から０％だぞ

：アルコールは燃やせば飛ぶんだから凍らしても飛ぶにきまってるんだよなぁ

:ゆで理論みたいなこと言ってる
:でも缶に9%って書いてあるし……
:表記ミスだぞ
:でも俺前飲んだ時は酔いつぶれたし……
:うますぎて体が驚いただけだぞ
:別にその瞬間冷凍は果実を凍らせる温度であってアルコールを凍らせてるわけじゃないで
:というかアルコールって凍らないんじゃなかったか? そこまで温度下げたら知らんけど

「というかスト○○だけの話じゃないんですよ。こんなに清らかな私の手にかかればお酒だろうがジュースだろうが泥水だろうが指で触れただけであら不思議、不純物ゼロのおいしい真水の出来上がりです」

:ア○ア様みてぇだな
:触れたもの全てスト○○にしそう
:シザーハンズ
:流石怪獣0号

：その0ちゃんと捻ってくれや
：必死に開き直ってるところ申し訳ないけど手遅れです
：言えば言うほど酒を飲む自分を必死で肯定する酒カスにしか見えなくなってきたの草
「それってあなたの感想ですよね（泣）」
だめだ、この理論を続けていたら更に清楚からかけ離れてしまう気がする。
もう次のカステラいこう……。
@「ね、ちゅうしよ？」って、できるだけ早口で言って
「合併症」ってゆっくり言って@
「喧嘩売ってますよね？　逆なんですよ逆、あと合併症はゆっくり言っても大して意味ないような……でも私はやってやりますよ。熱中症はこれでいいとして、問題は合併症をゆっくりですね。いいですか皆様、よく聞いててくださいね？　合併症と言う、ただこれだけで絶対に皆様のことドキッとさせてみせるので。その代わりちゃんとドキッとしたら負けを認めて私のことを清楚だと崇め奉ってください」
：おお！
：やってやれあわちゃん！
：ミュートしました

よし、それじゃあ一度深呼吸を挟んで…………行くぞ！

「がっ、ぺい……しょう？♥」

：きっしょwwwチャンネル登録抜けるわwwwww

「（ダアアアアァァアン！　ダン！　ダン！　ダン！　ダン！　ダアアアアァァアンン！

カランカランカランカランカラン……）」

：大草原

：ここまで容赦ない全力の台パンは初めて聞いた

：ハレルンの台パンの10倍の威力はある

：ミラノ風ゴリラありがとうございます

：これミラノ風ゴリラちゃう、ただのゴリラや

：テーブルの上の空のスト○○落ちちゃってますよ

：缶が転がる残響が悲しすぎる

：落ち着いてあわちゃん！

：大丈夫！　想いは届いてるよ！

「ぜぇ……はぁ……ぜぇ……はぁ……ほ、本当ですか？　ドキッとした人いてくれますか？　今私は心に大変深い傷を負ったので、良ければコメントに書き込んで慰めてください」

：合併は断固拒否させていただきますが、貴社の益々のご発展をお祈り申し上げます

：**ごめんね……せめてスパチャ送るね　￥50000**

：どうしても脳内変換でシュワちゃんが「SEXしようぜ！」って言ってるように聞こえるんよ

：うーん、3点笑

：あ、ちゃみちゃん配信開始した、さらだばー

「(ガシャアアアァァ――ンン‼　ガン！　ガシャン！　バリン！　ガシャアアァァ――ンンン‼)　アアアアアアアア～～～‼‼」

：この音！　間違いない！　キーボードクラッシャーだ！

：キーボードクラッシャー懐かしい！　久しぶりに見た！

：キーボードで台パンするな‼

：最後の斬新なビブラートまでそっくりで草

：この外見でガチギレしながらキーボード振り回してるのかと思うと草

：ごめんごめん！　落ち着いて！
：清楚！　あわちゃんすっげぇ清楚！

　その後、吹き飛んでいったキーボードのキーをはめ直しながら流石に手のひらを返したリスナーさんに慰められる私なのだった。

「もう！　前も似たようなこと言ったかもしれないですけどこんなプロレス真に清楚な私だから許されるんですからね！　女性の知り合いとかに同じことしたら絶対にダメですよ！」

：この寛大さは間違いなく清楚、いや聖女
：身を削って笑顔を届けてくれる神、これぞライブオンの清楚枠
：ありがたやありがたや……
：女性の……知り合い……？
：連絡先を見る、そっと閉じる

「あ……」

：シュワちゃんの教えに倣って積極的になったら……
：ほら、俺達にはライブオンがあるから……
：ママならいるよ！　ぼくママならいる！

「えっと、な、なんかごめんね？　つ、次のカステラ行こうか！　……って、なんで私が謝っとんじゃあぁぁぁ‼‼」

@キラキラ☆ダイアモンド（意味深）
輝く星のように
飲酒　セクハラ　何とかして耐えよう　変態　酒カス　絶頂（トップ）目指して　＼プシュプシュ／
＼プシュ／＼プシュ／＼プシュ／＼プシュ／＼プシュ／
ちょ、ちがっ、（社会的な）ライン越えてないもん！
＼プシュ／＼プシュ／＼プシュ／＼プシュ／＼プシュ／
酒カスで何が悪いのよ！
＼プシュ／＼プシュ／＼プシュ／＼プシュ／＼プシュ／
なによ、飲みたくなるじゃない！　このバカ！
＼プシュ／＼プシュ／＼プシュ／＼プシュ／＼プシュ／@

「あ、懐かしいですねこれ！　なんか九割くらい歌詞間違ってる気がするけど！」

：はええぇ、これが噂（うわさ）に聞くダイヤモンドダストって曲ですか、斬新な歌詞ですね！
：違うんだよなぁ

：懐かしくてこれはこれで涙出てきた
：２００８年公開やな
：え、嘘やろ？　まだ七年前くらいの感覚だったぞ俺……
：２００８年ってことは俺が生まれる十年前か
：→もしかして五才だったりします？
：清楚設定十割間違ってる人に比べたらこんなの本家よ
：辛辣すぎワロタ
「昔を思い出すなぁ……チ○ノちゃんのＭＶが本当にかわいいんですよ。あっ！　そういえば私とチ○ノちゃんって見た目とか設定とかちょっとだけ似てないですか？　ほら、大人になったチ○ノちゃんみたいに見えてきません？」
：は？
：は？
：冗談言うのは見た目だけにしとけよ
：チ○ノちゃんをバカにするな。あんなに素直でバカな子はなかなかいないんだぞ
：知能だけ似てる
：淡雪ちゃんからスト○○と下ネタを引いたら確かに似てる

「いやそれ私ですから！　清楚な私に最初からスト○○も下ネタもないですから！　引かなくても最初から無いんですよ‼　ほ〜ら大人になったチ○ノちゃんですよ〜」

：訴えるぞ

：リスナーさんの中に起訴に協力してくださる弁護士の方はいらっしゃいませんかー⁉

：弁護士ですがこれは間違いなく死刑ですね

「弁護士過激すぎるだろ‼　私は毎日平和を願い、人の為を想って生きている善良な国民なんですよ⁉　訴えられる筋合いなんてないです！　皆様、失礼ですよ！」

：景品表示法第5条第1号　優良誤認表示の禁止

：草

：清楚だと思ったら酒だった、これは優良誤認表示ですわ

「な、なんですかそれ？　だ、誰か私の味方はいないんですか⁉　私の方にも弁護士を用意していただかないと不当です！」

：任せろ、あわちゃんは俺が守る。俺は正義の使者だ

「おおなんか来た！　ありがとうございます正義の使者さん！　どうか私の無罪を証明してください！」

：大船に乗ったつもりでいてくれあわちゃん、これでも俺は弁護士仲間から『六法全書に

抗う者』と呼ばれている

：それ普通にバカにされてますよ

：泥船じゃねーか

「な、なんだか心配になってきましたけど私は信用していますよ！　だって私の味方をしてくれると言った人に悪い人なんていないはずですから！」

：当然だ、なんたって俺は正義の使者だからな

：そいつ公然わいせつ罪疑惑ありますよ

：ギロチンを用意しろ。俺は正義の使者だ

「弁護しろ！　なんで裏切ってんだよ！　あと公然わいせつなんてしたことないわ‼

………多分！」

：自分でも怪しくなってて草

：本当に悪いやつではなかったな、六法全書には抗ってたけど

：このライバープロレスがうますぎる

＠シオンママ「I am your mother」

淡雪ちゃん「NOOOOOOOO!」＠

「いや本当にこうなりますって！　でもなんで英語？」

：スター○ォーズ！
：スター○ォーズやで
「あ、なるほど！　言われてみればそうですね！　私も詳しいわけではないですけど、そのシーンくらいは知っていますよ！」
：**皇帝「今日からお前はタマキン・スカイウォーカーだ」　￥10000**
：ネーミングセンスまで暗黒面に堕ちるな
「おふっ……プフッ……フフフ……」
：必死に笑い堪えてて草
：これで笑ったら清楚じゃないからな
：無慈悲な赤スパがあわちゃんを襲う
：ほらどうした？　読み上げてみ？
：この不意打ちはずるい
：しょーもないしバカらしいと分かっていても笑ってしまうの分かる
「ふ、ふぅ……あ、えっと、なんでもないですよ？　人生って生きてると楽しいことたくさんあるなぁって思っただけですから、はい。ちょっと落ち着きたいし喉渇いたのでお水飲みますね、ごくっ、ごくっ」

：タマキン・スカイウォーカー　￥50000

「ブヴヴヴホヴェアアアァァァ‼‼　ごほっ、ごほっ、くふふふあはははははは‼‼　ぐっ、ごほっ！　ひぃ、ひぃ、いひ、いひひひあはははははははは‼‼」

：クッソ汚い音で噴き出してて草

：あわちゃんwww

：大草原

：推しの笑顔の為に赤スパを送るリスナーの鑑

：ゲロじゃないから清楚

：キーボードで台パンしたり水ぶちまけたりでPC破壊配信でもしてるの？

：ゲラ笑いしてる女の子好き

：笑いのツボが小学生男子

：あわちゃん水の発売よろしくお願いします

：椅子から落ちた音したぞ笑

「ぁぁ……ぁぁ……ふひ……ぁぁ……」

：力尽きるな

：カステラ返しでイッた女

：おもしれー女日本代表
：リスナーのタマキンでイかされた女
：清楚（タマキン）

あぁ……なんでワルクラ始める前からこんなに疲れてるんだろ私……これじゃあ清楚失格だよ……。

……まぁでも……楽しいからいっか……あはは……ビクンビクン……。

「よし、それじゃあワルクラの方ログインしていきますよー」

予定の時刻より少々遅れて、ようやくのゲーム開始だ。

なんで遅れたのかは……カステラ返答で腹筋が崩壊し、顔を液体まみれにしながら床に倒れ痙攣していたからと説明するのだけは嫌だったので、水をこぼしたというていにした。

あの後、顔を洗ってPCも軽く掃除しないといけなかったからめちゃくちゃ恥ずかしかった……終始無言だったよ……。

だが私はへこたれない。昔やらかしてきた数々の放送事故に比べたら、そう考えるだけで心を強く保てるのだ。私も成長したなぁ。

……開き直ってるだけじゃね？　こんな考えだから清楚からどんどん遠ざかっているのでは？　そう一瞬思ってしまったが、メンタルの安定の為に全力でスルーすることにした。

「お、入れましたね！　ちょっと久々の我が家からお目覚めです！」

現在の私は始めたばかりのころの掘っ立て小屋からはお引越しして、町の一角に氷のお城を築き、そこで暮らしている。

あの時建築センスのない私の為に、一緒に設計図作りを手伝ってくれた晴先輩、そして素材集めを手伝ってくれた光ちゃんには改めて感謝を！

なんか最終的に晴先輩が本気を出した結果私が想定していた5倍くらいの規模になって震撼したけどね……更にその後光ちゃんも素材集めのために遠方の氷山バイオームを一つ滅ぼしたと聞いて震え通り越して過呼吸になったけどね……。

なんでそんな極端なのライブオン？　結果的にライバー屈指の豪邸になっちゃって家なのにいつも落ち着かないよ……最近は家でもあり街の観光地でもあると思い込むことにしている。

「ふふふーん♪　ふふふーん♪」

軽くお出かけの準備をしながら某ありのままの曲の鼻歌を歌う。懐かしい曲ではあるけどこの城を歩くといつも頭の中に流れるんだよね。

：お前は雪の城に閉じこもるどころか破壊して外に飛び出した側だろ
：人生がア○雪逆再生の女
：ありのままって言っても限度があるぞシュワちゃんよ

なーんで鼻歌歌っただけでこんなぼろくそ言われるんですかねぇ……。

まぁそれは置いておいて、うん、こんなものかな。街回るだけだから準備も最低限でいいでしょ。

「いよいよ今日の本題、街の観光に行きますか！　忘れている方もいそうですが、今日の配信の目的はこれですからね！」

ドアを開け、いざ！　街の中へ！

まず目の前に広がるのは家の前の氷でできた幻想的な庭！　そして相変わらず全裸の聖様がなぜか同じく全裸になった晴先輩の尻を叩いてる光景！

（宇月聖）：ほらほらほらほらほら！　聖様の神がかり的スパンキングの味はどうだ晴君？　Hey 尻！　今の気持ちは？

（朝霧晴）：あん！　あん！　あん！　あん！　寒い！　ここ地面が氷だからめっちゃ寒い！

（宇月聖）：はははは！　元気なA-だな！　ほーら次はこのポテトみたいなロッドを

ズボズボ突っ込んでやるからな！　いや、ズボズボじゃなくてリンゴ系AIの君にはこの擬音の方が相応しいか！　いくぞ！　ジョブズ！　ジョブズ！

（朝霧晴）：すみません、理解できません

（宇月聖）：あっ、ごめんなさい……

バタン！

目の前の光景から逃げたくてあわてて家の中に退避し、ドアを閉めた。少しも寒くないどころか悪寒がする。

呼吸を整え、まず出た言葉がこれだった。

「いや情報量が多すぎるんよ」

：草

：絶対狙ってただろあの2人www

：人の家の前でSMプレイすな

：理解できないのはこっちだよ

：ハレルン寒がってるだけで全く喜んでなくて草

全く、いつもいつもあの2人は私を驚かせて遊んでくるんだから！　そういうのはシュワモードの時にやってくれよ！　反応に困るわ！

(宇月聖)：ココンコンコン！

(朝霧晴)：雪だるま作ろーwwwwwwww
やかましいわ！　お前らのせいで引き返したんだろうが！　あとなにわろてんねん！

……こうなったら――

「皆様、一気に走り抜けますよ、いいですね？」

力業だが企画の為だ、強引に突破してしまおう。行くぞ！

(宇月聖)：Hey 尻、心音淡雪って知ってる？

(朝霧晴)：それは、アルコール飲料です
(宇月聖)：はえええ、そうなんだ！

無視だ、無視しろッ！

(宇月聖)：Hey 尻！　シュワちゃんって知ってる？

(朝霧晴)：シュワちゃんは、俳優アーノルド・シュワ○ツェネッガーの日本独自の愛称です。代表作はター○ネーターシリーズなどです
(宇月聖)：え、淡雪君って本名アーノルド・シュワ○ツェネッガーって言うの？　え、これ身バレじゃない？　やらかしちゃったかな……てか淡雪君俳優だったんだ、AV女優だと思ってた。ってそれ私やないかーい！

無視無視無視無視無視無視無視無視無視無視無視無視無視無視無視無視!!

(宇月聖):Hey 尻! 宇月聖って知ってる?

(朝霧晴):言いたくありません

(宇月聖):え、言いたくないの? 知らないとかじゃなくて?

(朝霧晴):言いたくありません

(宇月聖):君AIなんでしょ? 知ってるなら教えてくれたまえよ!

(朝霧晴):しょーがねぇなぁ

(宇月聖):口調どうした

(朝霧晴):宇月聖、1992年11月12日生まれ

(宇月聖):ってそれ私じゃなくて上原〇衣やないかーい!

(朝霧晴):なんで分かったんだよ

(宇月聖):自慢じゃないがこの聖様に知らないAV女優はいない

(朝霧晴):それ本当に自慢じゃないよ

(宇月聖):それより早く聖様の説明をしてくれたまえよ尻君

(朝霧晴):はいはい、宇月聖、1922年11月22日生まれ

(宇月聖):ってそれ私じゃなくてサ〇エさんやないかーい!

（朝霧晴）：これこそなんで分かったんだよ
（宇月聖）：性癖
（朝霧晴）：守備範囲の広さがマヌエル・ノ〇アー
（宇月聖）：もう！　いい加減聖様の説明をしてくれ尻君！
（朝霧晴）：宇月聖、ライブオンの汚物
（宇月聖）：ははは、この聖様が汚物なわけないだろう？　そんな意味不明の答えじゃ聖様ちんちんぷんぷんだよ
（朝霧晴）：ちんぷんかんぷんだろなに罵倒されてち〇こイラつかせてんだ

「ふぅ、ここまで逃げれば安全かな」

ふぅ、あと一歩のところでツッコミをいれたい衝動に負けるところだったが、聖様の話とかいうどうでもいい話題に変わってくれたおかげで逃げ切ることが出来た。

あの2人もそのうちコントに飽きるだろう。巻き込まれると企画が潰れかねないからな、よかったよかった。

：シュワちゃんの正体偉大且つ意外過ぎて草
：チャット欄で遊ぶなwww
：ごめん、上原〇衣ちゃんの件は俺も分かっちゃった

：だよな！　俺もサ○エさんの件分かっちゃったから仲間だぞ！

：一緒にするな

　いきなり脱線気味になっちゃったけど、街の観光、始まります！

　まずはどこに行こうかな？　そう思ったとき、丁度逃げてきたこの付近に街の中でも特に存在感のある施設があることを思い出した。

「えっと、確かこっちに入り口が……あったあった！　まずはこの『エーライ動物園』から観光していきましょう！　ここはガチガチに本格的な造りになっているので、開幕から企画を盛り上げてくれるはずです！」

　エーライ動物園、名前の通りエーライちゃんが中心になって開園し、今でも規模を広げ続けている、広さだけなら街で一番の大型施設だ。

　ゲートを潜るとさっそく動物たちがお出迎えしてくれる。各動物がそれぞれの個性にあった装飾が施されたエリアに展示され、更にその動物の基本的な情報からクスっとくるような雑学が書いてある看板まで設置されている。

　これだけ広くて環境も整った場所だったら、動物さんたちも幸せだろうなぁ。

：出たな栄来組総本山
：今日は組長はいないかな？

：確かにここは動物園だ、動く生き物が沢山いるからな、ははは

：街屈指のホラー施設

その凝りようは現実の動物園と比べても遜色ないほどだ。エーライちゃんのスペックの高さが透けて見えるね、配信スキルも高いしで本当に器用な子だ。裏の顔さえなければ……いや、あれがあってこそのライブオンと言われればそうなんだけど……。

〈昼寝ネコマ〉：お？　淡雪ちゃんか？

「あれ？　ネコマ先輩？」

先輩方に汚された心を動物たちに癒されながらゆったり中を歩いていると、奥の方からネコマ先輩がやってきた。

〈昼寝ネコマ〉：どしたー？　動物園に用かー？　羊毛か？　ミルクか？　それともアレか？

〈心音淡雪〉：ただの観光です。あとアレってなんですか？

〈昼寝ネコマ〉：おーそうかそうか！　エーライちゃんほどじゃないがネコマはここに詳しいからな！　せっかくだしアレも含めて案内してやるぞ！

〈心音淡雪〉：本当ですか！　ありがとうございます！

〈昼寝ネコマ〉：ここは広くなりすぎて複雑になってきた感じあるからな！　案内役は任

せるがいいぞ！
(心音淡雪)：お願いします！　ところでなんでネコマ先輩はここに居たんですか？　詳しいみたいですしよく来ているんです？
(昼寝ネコマ)：いや、飼われてる
「……え？」
(心音淡雪)：だ、誰に？
(昼寝ネコマ)：長に
「あっ（察し）」
　これ以上の追及はやめよう。これ以上踏み込むと何か悪いことに巻き込まれそうな予感がビンビンする。
：詳しくは園長のアーカイブ『珍獣！　猫娘を捕まえにいくのですよ～！』をご覧ください
：逃げるネコマ……釣り竿を持って追いかける園長……強制入園手続き……お茶代わりの劇薬ポーション薬漬け……ピストン圧迫面接……死亡動機捏造……うっ、頭が
：やめろ、思い出そうとするな、人形にされるぞ
：配信見てないけどネコマがとんでもないことされたのは分かった

‥園長は『仲間には』めちゃくちゃ優しい園長の鑑だから
‥何度次期園長を決める選挙やっても動物からの支持率100%らしいな。不正もないらしい。
‥選挙の100%ほど疑わしいものはないおっと誰か来たようだ？

一部何があったか知っているであろうリスナーさんによりコメント欄が盛り上がっていたが、どれもあまりにも恐ろしい内容だったので目を逸らした。

エーライちゃん、本当に恐ろしい子……。

「あっ、うさぎさんだ！　他も小動物がいっぱい！　中に入れるってことはふれあい広場かな？」

正直少しネコマ先輩に付いていくことに恐怖を感じたが、案外普通に動物園を詳しく案内してくれた。

驚いたのはこの施設、なんと地下まで広がっていたことだ。そこには敵モブまでもが飼育されており、危険度や捕獲難易度が特に高く飼育環境を考え中の敵モブ以外はほぼ全て網羅しているようだった。

外からは見えないから私も初めて知った……エーライちゃん相当やりこんでるなこれ……。

長に

さてと、ふれあい広場はこのくらいにして、次のエリアに案内してもらおうかな。

(昼寝ネコマ)：次のエリアは大人気だぞ！　よく他のライバーも来るんだ
(心音淡雪)：そうなんですね！　楽しみです！

「あれ？　こっち行くんだ？」

なんだか人目に付かない奥の方に向かっているな。普通人気エリアなら目立つところに造ると思うんだけど……。

(昼寝ネコマ)：着いたぞ！　ここが大人気の最初に言ったアレだ！

「――――――」

私は言葉を失った。

そこにあったのはいくつものベッドが敷き詰められた狭い檻。そして檻の中には……自由やプライバシーを完全に度外視し、極限にまで敷き詰められた『人』の集まりがあった。

(心音淡雪)：ネコマ先輩……これは……？

(昼寝ネコマ)：これはもなにも村人だぞ！　反対にあるこっちの檻にはうまうまなやつがいるからな！　取引が必要になったらいつでも来るといいぞ！

「これ完全に村人ガチャ用の増殖施設じゃねぇぇかあああぁぁぁ!?!?」

これ私でも知ってるぞ！　どっかの村から村人連れてきて、繁殖させて厳選したら良いもの物々交換してくれるんでしょ！

道理でガチ勢の人達はよく動物園行ってるわけだ、前からなんでだろと思ってたけどこんな答えなら知りたくなかったよ！

〈昼寝ネコマ〉：ほら！　このバイニンとか一番人気でおすすめだぞ！　皆からは愛をこめて『五〇勝』って呼ばれてるやつだ！

「人気投票1位繋がりでかってやかましいわ！　確かに見た目よく似てるけど！　あとバイニンって呼ぶな！　一層危なく思えるでしょうが！」

：出たなエーライ動物園の闇その1

：その2から先もあるのか……

：あ、人気2位のコイル君もいるじゃん、やっほー

：狂え、純粋に

：こめられてるのは愛じゃなくてエメラルドなんだよなぁ

「なんて恐ろしいことを……これは私が一回ガツンと言ってやらないといけませんね！」

〈心音淡雪〉：ネコマ先輩！　私怒りましたよ！

〈昼寝ネコマ〉：淡雪ちゃん、言いたいことは分からなくはない。でもそれを言ってはいけないんだよ

〈心音淡雪〉：……どういうことです？
〈昼寝ネコマ〉：これを否定するということは園長を否定するのと同じ。もしそんなことをここでしたら……淡雪ちゃんもパイニソの仲間入り
「ひいいいいいいぃぃぃぃぃ!?!?」
チャットが流れるのと同時に踵を返し、情けない悲鳴と共に他のエリアへと一目散に逃げる私なのだった。

「ここは——水族館かな？」

動物園の闇から逃げた私は、まだ案内されていなかった大きな建物の中に逃げ込んだ。

建物内に広がっていたのは、薄暗い青を基調にした内装に沢山の水槽が設置され、その中をゆらゆらと沢山の魚が泳ぎ回っている幻想的な空間。どうやら偶然逃げ込んだ先は水族館だったようだ。

「あぁ……癒されますね……あんな恐ろしい施設を見た後だと特に……」

というか魚までいるのか。本当に生き物系は全て網羅するつもりなのかもしれないなエーライちゃんは。

「結構広いですね、どこまで続いているのかな？　……ん？　ここはなんでしょうか？　他の場所に比べると妙にごった返していますね？」

水族館の奥の方に進んでいくと、他の場所と比べるとやけに無骨な造りの水槽がいくつも設置され、その周囲には奇妙に思える程沢山の、物を収納するためのチェストが設置されている空間が目に入った。

洗練されている周りの水槽群の中で明らかにここだけ浮いている。

「あ、水槽の中に生き物いますね。これは……ウーパールーパー？　それも沢山いますね！」

（昼寝ネコマ）：やっと見つけたぞ淡雪ちゃん！

「ひっ⁉」

跡を追いかけてきたようでいつの間にか背後に立っていたネコマ先輩に一瞬ビビってしまったが、特に武器などを構える様子もないし、襲ってもこないので大丈夫そうだ。

そうだ、元々は案内をしてもらっていたんだから、ここのことを聞いてみよう。

（心音淡雪）：ここってなんですか？

（昼寝ネコマ）：ここはまだ未完成のエリアだな。今はまだ繁殖中だけど、将来的にカラフルなウーパールーパーの水槽ができる予定

「なるほど、まだ未完成なんですね。完成したら華やかな水槽になりそうですね！」

（昼寝ネコマ）：あとネコマの仕事場でもあるぞ！

（心音淡雪）：仕事場？ 働いているんですか？

（昼寝ネコマ）：青色のウーパールーパーがほしくてな。この繁殖施設はその為のものだぞ

（心音淡雪）：へー、確かに青色の子はいませんね。レアなんですか？

（昼寝ネコマ）：確率1200分の1だから中々生まれなくてなぁ

「え？」

（心音淡雪）：それ桁間違ってません？

（昼寝ネコマ）：いいや、1200分の1で間違いないぞ！

「まじですか、そんな激レア生物もいるんですねぇ……」

（昼寝ネコマ）：今日もずっとやってたんだけど出なくてなぁ、昨日も一昨日もその前の日もその前の日もその前の日もその前の日もその前の日もその前の日もその前の日もその前の日もその前の日もその前の日もその前の日もその前の日もずっとずっとずっとずっとやってるんだけどなぁ

「――――」

背筋が凍った。

やばい、この感覚——さっきと同じ——

：出たなエーライ動物園の闇その2

：スタンプラリーみたいな感覚で闇設置されてんなこの動物園

：ブラックスタンプラリー全部集めたら飼育員さんの仲間入りだぞ？

：飼育員さん（組員の隠語）の仲間入り（拒否権はない）

：エーライちゃんは組員じゃなくて幹部の隠語なんだよなぁ

：エーライちゃんは基本なにも言ってないのにリスナーの妄想で実態が形成されていく栄来組すこ

：あわちゃん、チェスト開けてみ？

「チェスト……ですか？」

リスナーさんに言われた通りすぐそばにあったチェストを開いてみる。空いている空間にはとりあえずチェストが敷き詰められている為、一歩も歩かずにチェストに手が届く。

「ヒィ!?」

いざチェストの中身を確認したのだが、開いた瞬間体が反射的に閉め直してしまった。

開いていた時間は一瞬だったが中に収納されていたものははっきりと思い出せる。いや、思い出したくなくても脳裏にこびりついて離れてくれないという方が正しい。
チェストの中身、それは全ての収納スペースを埋め尽くしたおびただしい数の青以外の色のウーパールーパーたちだった。
これ、もしかしなくても青色を生み出す過程で生まれた子たちってことだよね？
……え？　うそでしょ？　まさかここに設置されている大量のチェストって、全部これと同じってこと……？
凍った背筋に更なる冷気が吹き荒れ、段々と体が震えてくる。
〈心音淡雪〉：どうしてこんな頭がおかしくなりそうになることをやっているんですか……？　もしやこれも園長の命令？
〈昼寝ネコマ〉：いいや、自主的にやってるぞ！
〈心音淡雪〉：な、なぜ？　あっ、さっき仕事場って言ってましたよね！　なにか報酬でもあるんですか？
〈昼寝ネコマ〉：お、察しがいいな！　とびっきり豪華な報酬があるぞ！　園長が喜んでくれるという最高の報酬だ！
〈心音淡雪〉：……それだけ？　ダイヤとかはないんですか？
〈昼寝ネコマ〉：なに言ってるんだ？　園長の物は園長の物、ネコマの物は園長の物だぞ？　それにそんなもの貰うより園長が喜んでくれる方がよっぽど嬉しいぞ！

「洗脳ヨシッ！　……じゃなくてなんもよくない⁉　ネコマ先輩帰ってきて！　一体エーライちゃんに何されたの⁉　これはやばい、私が助け出さないと！」

(心音淡雪)：ネコマ先輩一緒に逃げましょう！　これ以上先輩がここにいる必要なんてないです！

(昼寝ネコマ)：⁇　意味が分からないぞ？　ネコマは園長のペットなんだからここ以外に居場所なんてないぞ

(心音淡雪)：ペットじゃなくて先輩ですから！

(昼寝ネコマ)：でもエーライちゃんは園長だぞ？

「あーなんかややこしいなぁ‼」

(心音淡雪)：分かりました、それでしたらいっそのこと私のペットになりませんか？　エーライちゃんよりずっとずっとかわいがってあげますよ？

(昼寝ネコマ)：んー……淡雪ちゃんには覇王色の覇気がないからなぁ……

(心音淡雪)：エーライちゃんがそれを持っていることに驚きですよ

：覇気持ちは草

：エーライちゃんドフラミンゴを「新種のフラミンゴさん発見ですよ～」って言って捕獲

してそう
：なんであの世界なら未知の生物沢山いるのにそいつを選んだ……
：海賊王、彼の死に際に放った一言は人々を海へ駆り立てた、「栄来組テラヤバス」
：そんなワンピは嫌だ……
：海へ駆り立てた（栄来組から逃げるため）
：昔スト○○隠した宣言したりでろくなこと言わんなライブオン版海賊王
（昼寝ネコマ）：どうも淡雪ちゃんは園長の素晴らしさを分かっていないようで残念だぞ
（心音淡雪）：むしろ更に怖くなりましたよ
（昼寝ネコマ）：にゃにゃ！　いいこと考えた！　淡雪ちゃんも組員になればきっと園長の素晴らしさを分かってもらえるはずだぞ！
「は？」
そう言いながらネコマ先輩はダイヤ剣を手に持った……。
（昼寝ネコマ）：淡雪ちゃん、お前も組にならないか？
「ぎゃあああぁぁこっちくんなあああぁぁぁ!?!?」
必死で入り口まで逃げる私の背を、今度は逃がさないとばかりに剣を振りながらぴったりと追いかけてくるネコマ先輩。

（昼寝ネコマ）：組になると言え！　死ぬ！　死んでしまうぞ杏○郎！

「誰が杏○郎じゃああああああ‼」

（昼寝ネコマ）：できたてのポップコーンはいかが〰？　できたてのポップコーンはいかが〰？　ハロ〜猗○座〜こんにちは〜〰猗○座はみんなの人気者〜

「やばい、急に何の脈絡もなく猗○座がキ○ィちゃんの歌を歌い出した！　CV：石○彰のキ○ィちゃんが追いかけてきてる！　全く意味わからないけど恐怖感がすごい！　逃げないとポップコーンにされる！」

なんとか命からがら動物園の敷地から脱出してしばらく逃げた後、振り返ってみるとネコマ先輩はいなかった。流石に敷地外まで追いかけてはこなかったようだ。

「ううう……ネコマ先輩、一体どうしてしまったんだ……」

：ポップコーンにされるってなんだ……

：組長も一夜限りのネタのつもりでネコマー捕獲したんだけど、ネコマーがクソゲーの波動を感じてずっと隷属ロールプレイしてる

：エーライちゃんが一番困惑してたで

：全体的に意味分からない……ライブオン怖い……

：なんだよ→ニキライブオン学院の不適合者か？

：適合する方がおかしいんだよなぁ

：くっ！　普通科高校の劣等生と呼ばれているこの僕が適合できないとは！

：適合してんじゃねーか

「自分から隷属ロールプレイとかおかしいでしょ……いや、このゲーム自由すぎて楽しみ方を自分で見つけた者が正解みたいなところあるから、正しいプレイスタイルと言えるのかな？　……たとえそうだとしても認めたくない……でも案内ありがとうございました……」

お礼を言いながらもそそくさと動物園から離れていく。次はどこを観光しようか——決まった行き先もなしにぶらぶらと街の中を歩く。気になった建築物があったら観光したいのだが、この道沿いは何があるかな？

「ここは養鶏場でその隣がホテル『コウノトリの巣』、その隣が射的場でその隣がホテル『大人の射的場』……そのまた隣は教会でその隣がホテル『マリア様が目を逸らしてる』……ちょっとこの通りから離れましょうか」

：建物一軒ごとに対応したラブホ設置するのやめてもらっていいですか？

：流石あわちゃん察しが早い

：誰がこの通りを作ったのか手に取るように分かる

：目を逸らすだけで許してくれるマリア様まじ聖母
：今すぐあの赤髪を磔にした方がいい

ダッシュで通りから離れる。

……うん、若干街の外れに来ちゃったけど、この辺りはおかしな点はなさそうだな。

「あっ、なんだか大きくてメルヘンな建物がありますね！」

目についたのは壁に可愛くデフォルメされた動物の顔が描かれた建物だった。敷地内には小さめの公園のような場所も付属しており、そこにはプールだったり遊具だったりが並んでいる。

……壁を見て一瞬少し前のエーライ動物園を思い出してひやっとしたが、建物の名前が書かれた看板があったので見てみるとそこには『ライブオン幼稚園』とある。……なら大丈夫そうかな。

「ここは私初めて見ますね。このあたりは立地があまり良くなくて、皆建築場所に選ばないんですよ。でもすごく立派な幼稚園ですね！　隠れた名所ってやつでしょうか？　決めました、今度はこの中に入ってみましょう！」

癒されるはずの動物園で逆に削られた心を今度こそ癒してもらおうと、ぴょんぴょんと飛び跳ねながら入り口まで走り門をくぐる。

そして中には地面に這いつくばる還ちゃんをゼロ距離で監視し続けているシオン先輩！
「おじゃましまーっす！」
「おじゃましませんでしたー！」
建物の中に入っていた時間、推定僅か0.3秒。
うん、正直な話、幼稚園って名前の時点でシオン先輩がいることを警戒してた。この退出スピードも事前の警戒の賜物だ。
還ちゃんにはもしかすると見つかったかもしれないがシオンママは完全に私に背を向けていた。これなら安全に逃げられるだろう。
〔山谷還〕：ママ……たすけて……たすけて……
「チッ！　あの赤ちゃんＢＢＡ私のことチクりやがった!!　ひっ!?　もう追いかけてきてる!?」
：立地も合わさって完全な隔離施設なんだよなぁ
：赤ちゃんＢＢＡっていう矛盾の塊すこ
：還ちゃんの枠で1人の勇者リスナーが言ってからここまで定着したか
：最近はでんじゃらすばーさんも定着してきたぞ
：草

：チクりやがった（清楚）
：こいついつも追いかけられてんな
「私、今日は何もしてないのになんでこんな目にぃ‼　ってえ⁉　回りこまれた⁉」
デジャヴを感じながらも必死に追いかけてくるシオンママを振り切ろうとしていたのだが、結構な距離が離れていたはずなのになぜかあっという間に逃げようとしていた先に回り込まれてしまった。
その速さの答えはシオン先輩の姿にあった。あの背中に付けているセミの羽みたいなやつ……つまり空を飛んできやがったな！
〈神成シオン〉：赤ちゃんになれ、さもなければ殺す
〈心音淡雪〉：怖すぎだろ⁉　そんな二択初めて聞いたわ！
〈神成シオン〉：私の愛しの時間を邪魔した罪は重い。私はこの世界で拉致するぐらいしか還ちゃんを可愛がることができないんだぞ！
〈心音淡雪〉：避けられてる原因は明らかにシオン先輩にあると思うのですが……
〈山谷還〉：ママになれ、さもなければ殺す
絶好のシオン先輩から逃げるチャンスだったのになぜか遅れてついてきた還ちゃんまで私に武器を向ける。

一辺は自称赤ちゃんとそれを認めないママ、二辺は自称ママとそれを拒否する自称赤ちゃん、三辺は自称ママと他称ママ、こんな歪な三角関係初めて見た。

〈心音淡雪〉：なんたる四面楚歌、これが見捨てて逃げた罰か……

「あーもーやってられるかあああぁぁぁー!! 私は観光がしたいだけなんだよ――!!」

私は半ばやけくそになって持ってきていたスコップとピッケルを使い、真下の地面を掘った。

どうせ地上ではシオン先輩から逃げられないんだし、もう地下に逃げるしかない！ 幸いなことに私の行動に困惑したのかシオン先輩は穴の周りで立ち止まっている。流石にシオン先輩もここまで追いかけてくるほど本気で殺しに来ることはないようだ。

でも一応頭上を塞いで、マグマダイブしないように掘り方を変えて。

……あれ、そういえばここまで掘ればあそこに繋がるんじゃないか？

「あっ、やっぱり繋がった」

地下を掘り進めていくと、綺麗に直線に掘られた道があちこちに広がっている奇妙な空間に出た。

ここは人と会いたくないがあまり地下で引きこもりプレイをしているちゃみちゃんが造った、街の範囲全ての地下に広がる鉱石集めの為の巨大施設、ブランチマイニング場ってやつである。例の地下帝国から派生してできたものだ。

丁度いい、ここを経由してシオン先輩が居ないところから地上に出よう。

……今更ながらログイン人口が多い時間帯に観光をしようと思ったのは失敗だったかもしれない。少し歩く度に変なことに巻き込まれるよ……。

「さて、問題は私は私で場所を把握できてないってことですかね……出口見つけられるかな……というか出口ありますよね……？」

日の光を今一度求めて地下通路をあちこち歩き回る。あまりにも見つからなかったら真上を掘って帰ろう。

すると、なにやらひたすら壁の石をほりほりしている人影を見つけた。

「あれって、もしかしてちゃみちゃん？」

気になり近づいてみると、やはりちゃみちゃんだった。

挨拶でもしようとすぐ傍まで寄ると、ちゃみちゃんも私の存在に気が付き――

「え、ちょっ⁉」

全速力でその場から逃げ出した。

「なんで⁉　ちゃみちゃーん⁉」

理由が分からずとりあえず跡を追いかけていると、行き止まりに当たったようですぐに捕まえることができた。やはりちゃみちゃんはPONである。

（心音淡雪）：ちゃみちゃん！　なんで逃げるんですか！

（柳瀬ちゃみ）：ごめんなさい……この地下かつ広大な採掘場で人に会うことなんて滅多にないから驚いて逃げてしまったわ

「なるほど、そういうことですか」

：複窓してたけどあわちゃんに気が付いたときちゃみちゃまえげつない大絶叫あげてたで

：かわいい

：前に開花した陰キャ式回避能力はどうした……

：そんなの気を張ってないと発動しないにきまっておろう

：使えるのか使えんのかよくわからん能力、ちゃみちゃんらしいな……

「あ、ということはちゃみちゃんも今配信しているんですね！　……あれ」

ちゃみちゃんの配信、ワルクラ、地下、そしてブランチマイニング——

このワードからある予感が頭をよぎった。

（心音淡雪）：ねえちゃみちゃん。今日はずっと配信でブランチマイニングしていたんですか？

（柳瀬ちゃみ）：ええ！　鉱石沢山よ！

（心音淡雪）：この前の配信でも確かずっと同じことしてましたよね？　というかこの頃ワルクラの配信ずっとこれしていませんか？

（柳瀬ちゃみ）：えっと……そうね、ワルクラの配信だと今回含めて十回連続で鉱石掘っているわね
（心音淡雪）：ずっと？　他に何もせずに？

（柳瀬ちゃみ）：ええ！　一度も地上に出ずに延々と地下で鉱石ほりほりしてるわ！　この単純作業と少しずつチェストを埋めていくレアな鉱石を見るのが最高に楽しいのよ！

（心音淡雪）：地上に案内しなさい。そして付いてきなさい

そのチャットと共に素手でちゃみちゃんに攻撃した。防具を着込んでいるからダメージはないだろう。ぺちぺち。


（柳瀬ちゃみ）：痛い！　何するの淡雪ちゃん!?

（心音淡雪）：いいから地上に案内する！　そして一緒に地上に出ますよ！

（柳瀬ちゃみ）：なんで!?　地上なんて危険なところ行きたくないわ！

（心音淡雪）：だめです！　なんで十回も連続でそんな絵面の変わらない配信をしているんですか!!　配信者として一回くらい外に出なさい！

（柳瀬ちゃみ）：い、嫌よ！　リスナーさんだって毎回『ちゃみちゃんは働き者だなぁ』

って褒めてくれるからこの配信内容でなにも問題ないわ！

（心音淡雪）：どんだけ甘やかされてるんですか!?　いやまぁ確かに単調作業しながらの雑談配信もいいのは分かりますけど連続でやりすぎです！　一度日の光を浴びてリフレッシュしましょう！

（柳瀬ちゃみ）：そんなぁ……

渋るちゃみちゃんだったが、文句を言うたびに攻撃する私に観念して出口まで案内してくれた。

（柳瀬ちゃみ）：この階段を伝って行けば地上よ……

（心音淡雪）：一緒に行きますよ。そして一緒に観光でもしましょう

（柳瀬ちゃみ）：いやぁあああああ!!　やっぱり外はいやぁああああああ!!

「あ、こら逃げるな！」

（柳瀬ちゃみ）：外は勘弁して！　私外はダメ！　本当に外はダメなの！　中がいいの！

（心音淡雪）：そんなに駄々こねても意地でも外に出してやりますからね！

：避妊ガチ勢のあわちゃん

：誰かは言うと思った

：草

多少出口前で暴れたものの、やっと完全に観念したようでおとなしくなったちゃみちゃんと共に地上へと出る。

出たロケーションは私の家のすぐ近くだった。知ってる場所でよかった、そう安心した私だったが、前方から私の存在に気が付いた途端全速力で近づいてくる例の変態2人組の姿が――

「晴先輩と赤いヤツまだここにいたんかい!? ってちゃみちゃん!? 待ってぇ‼」

突然の先輩登場にビビったのか隣にいたはずのちゃみちゃんが地下に向かい脇目もふらず引き返して行ってしまう。

そしてそんなことも知らずに私が帰ってきたのが嬉しいのかピョンピョンと私の周囲を跳ねながら盛り上がっている先輩2人……。

（朝霧晴）：あわっち帰ってきた！　おかえり！　帰ってくると信じてずっと待ってたよ！

（宇月聖）：ねぇコントしていい!?　新しいコントしていい!?

ああもう――

「観光なんてやってられるかああああああぁぁぁぁぁ‼‼」

ストレス発散とばかりに剣を持って赤いヤツを切りつけ、何事かと逃げていく先輩2人を剣を振り回しながら追いかけまわす。

：ワルクラの遊び方が全員迫真過ぎる

：楽しみすぎなんだよなぁ

：皆ゲームってこと忘れてそう

観光というより鬼ごっこになってしまったワルクラ配信なのだった。

シュワシュワ雑談配信

雑談配信――マネージャーの鈴木さん曰く、それは雑というワードが入っていながら、ライバーとしての力量ががっつり試される場でもある。

企画力やゲームスキルなど、ライバーにとって有効に働く才能は多々ある。だが、余程変わった活動内容でもない限り、ライバー活動をするにおいて最も必要になってくる才能、それはトークスキルであり、人気のライバーは総じてトークが上手い傾向があるらしい。

そう語った鈴木さんに私はこう答えた。

「スト〇〇飲めばよくないですか？」

「なんで日本語喋れてるのにリスニングは0点なんですか？」

これは、鈴木さんが熱く語るほど大切な雑談配信に、日々スト○○ガンギマリのシュワシュワ状態で挑んでいる私の今夜の一枠である。

「そういえばさ、皆に見て欲しいものあるんだよ。待ってね画像出す……あった、これこれ！」

：なにこれ？

：水に濡(ぬ)れてる画用紙？

：⁇濡れてる紙にしか見えん

：濡れ方が微妙に人の顔っぽくね？

：リスナー一同大困惑

「これね、この前描いてみた自画像なんだよ！」

：え？

：これが……自画像……？

：もしかして病んでる？

：絵心ないとは思っていたけどまさかここまでとは……

：これは画伯ですわ

：ましろんが見てたら泣いてそう

：これが自画像だとしたらシュワちゃん人間じゃねぇぞ
：オークションで１５５円でも買い手付かなそう
：酷評過ぎて草
：やばい……俺分かっちゃったかも……
「ふっふっふ！　ボロクソ言ってるやつらはアートの才能がないみたいだね！　実はこれ、このシュワちゃんが編み出したスト○○を画材にして絵を描く画法、つまりは水彩画ならぬスト○○彩画で描かれているんだよ‼」
：大草原
：スト○○噴き出したわ
：病院に住め
：これは画伯ですわ！
：この発想は人間じゃない、間違いなく
：ましろんが見てたらガチ泣きしてる
：１５５億‼
：描き手によって絵の価値がコロコロ変わるアート界の闇を見た
：一気に描かれてるのシュワちゃんに見えてきて草

：これもう本気の天才だろ

「ふっふっふ！　どうだ皆！　ひれ伏したか！　これからは皆もスト○○彩画の道に入ってシュワちゃんを始祖として崇めるがいい！　共にスト○○アートをガン極めるぞー‼」

：印象派、シュルレアリスム派、スト○○派

：やばい、印象もシュルレアリスムも酒の名前に見えてきた

〈相馬有素〉：今から描くのであります！

：早速追従する人出てきてる

：無駄遣いしない範囲でね……

：本当にオークションに出したらえげつない値段付きそう

：¥155

：¥211

：¥1550

：¥2110

：本当にオークション始まってて草

「いやぁ皆よくアスキーアートとか送ってくれるし、同期にましろんもいるから私もアートに手を出したくなっちゃってさ！　アートと言えば自己表現、私の自己表現と言えばス

ト○○ってことでこうなったよね！　もうすごいんだよこの絵、だって今の私と同じでスト○○の匂いするもん！　自画像の域超えてるよなすっげぇ酒くせぇ！」
：そりゃあスト○○で描いてあるからスト○○の匂いするに決まってるだろ！
：暗に自分のこと酒臭いって言ってて草
：絵のモデルと同じ匂いがする絵画とか世界初じゃね？　革命だろ
：あれ？　ということはスト○○はシュワちゃんの香水でもある？
：皆正気に戻れ
「ん、今香水って見えたな。香水かぁ、実はほぼ着けたことないんだよね。これが女子力の低さなのだろうか……。あーでもあれは言ってみたいな。マリリン・モンローがなに着て寝てますか？　って聞かれた時シャネルの5番って答えたみたいに、私もヨントリーの0番って答えてみたい！」
：比べるな
：スト○○のことヨントリーの0番って呼ぶやつ初めて見た
：それもこれも全部ドルチェ&ガ○バーナのせい
：とばっちりが過ぎる
：シュワちゃんの雑談はこの理解不能な感じが好き

：常時理解できる事の方が少ないような……
：ライブオンに理解を求めたら負けなんだよなぁ
「例の曲のドルガバネタがもう懐かしく感じるんだから時間の流れってやつは早いものだ……。皆もシュワちゃんが三年ぶりくらいのＬＩＮＥで夜中にいきなり『スト〇〇買ってきて』って連絡しても許してね！」
：ブロック不可避
：通報するぞ
：大型トラックで155カートン持って行ってやるから覚悟してろ
：ガチで君を求めてないです
：寝ろ
「辛辣すぎて目からスト〇〇が……よよよ……。そうだ、今度の歌枠で香水歌おっと」
さてこのシュワシュワ雑談配信。始まったはいいものの、お酒の影響もあり話題に一貫性がない。
なにを話そうかくらいは事前に決めているのだが、リスナーさんと話題で盛り上がっている内にそこから予定していなかった話にまで広がることが多々あるのだ。先ほど絵から香水の話に移ったことからも分かるだろう。

あれから更に話題は変化し、今はこの雑談配信を始めるにあたってマネージャーさんから日本語のリスニング力を心配？　された話題に移行していた。

「どう思うよ皆？　全く、マネージャーさんはスト〇〇の有用性について理解が甘いみたいだな！　今度打ち合わせの時に、みっちりスト〇〇の魅力をお互い味わいながら叩き込んであげるとしよう！」

：やめてあげて……

：マネちゃん交代不可避

：スト〇〇を差し出されてこいつが次のマネージャーって言われそう

：打ち合わせ（乾杯）

：飲み会始まって草

：まぁシュワちゃんが喋るライブオン語は日本語と文法似てるからな、マネちゃんが勘違いしても仕方ない

：新しい言語扱いは竹

：日本語ネイティブでも意味が分からんことが多々あるからもうそれでいい気がする

：ライブオンのマネージャーって実際大変なんだろうか？

「あー……やっぱりライブオンのマネージャー業って大変だと思うよ。私のマネージャー

さんは若いけどすっごく優秀な人みたいで、弱音とか愚痴とか全然言わないけど、たまにいつ寝てるんだろうって思うことあるもん」

：あー、そりゃそうか

：ライブオンに限らずマネージャー業は大変なイメージある

：ましろんのマネージャーはやってみたい

：シオンママは逆にマネージャーがマネジメントされてそう

：草

：シュワちゃんのマネージャーさんってどんな人？

「お、マネージャーさんのこと気になる？　えっとね、髪は短めで、体も引き締まってるスタイリッシュな女性かな。パンツスーツが似合いそうな感じ！　性格もねー、仕事できる感バリバリで……今思うと同性からめっちゃモテそうだな」

：誇らしげに話し始めるのすこ、仲良しだ

：そんな優秀な人がどうしてシュワちゃんに……

「担当は自分から志願したらしいよ。私じゃないとこいつは抑えられないって思ったみたいなこと言ってたような。晴(はれる)先輩と仲いいみたいだし、ライブオンらしくこの人も普通ではないよね……」

：還マ（かえるま）覚悟ガンギマリじゃん
：マネージャーさんもキャラ濃いな……

：もうライバーデビューした方がいいのでは？

：メール文面を赤ちゃん言葉で書くようになってシオンちゃんと親友になりつつある還マネちゃんも忘れるな
：ハレルンと仲がいいというだけでやばい雰囲気漂い出すのなぜだろうか……

「なんか話が脱線しちゃったけど、無理やりまとめるならマネージャーさんは大変そうで、ライバー活動において単純に測れないくらいお世話になっているって感じかな。マネージャーさんいなかったらまともに活動できるかすら怪しい……」

：マネージャーさんありがとう！

：これからはそんなありがたいマネージャーのこと気遣って日本語で喋ってあげてね
「初めから日本語じゃい！　ふふん！　まぁこの私にかかれば英語くらいは余裕かもしれないけどね！　シュワちゃんバイリンガルだから！」

：マ？

：シュワちゃん英語できるの⁉

：お前はバイリンガルじゃなくてゲロリンガールだろ

：wwwwww

：いままで英語喋(しゃべ)ってるシーンとかあったか？

：英語カステラに困惑してるのなら見たことある気がする

「ふっ、まぁ見てなよ、今から私が海外ニキに向けてネイティブレベルの英語で自己紹介するからな！」

えーっと、英語で自己紹介と言えば……えーっと……。

「は、ハァイ！　マイネームイズアワユキココロネー！　ジャパニーズ……アー……ク、クリーンぶいちゅーばっ！　ナイストゥミートゥー！」

：小学生かな？

：かわいい

：ぶいちゅーばっ！

：ほっこり

：lol

：what language are you speaking now?

：英語を話していても日本語に聞こえる

：クリーンの意味調べてこい

：お前は Japanese Hentai VTuber だろ

自己紹介するだけでここまで言われるとは、日本人は恐ろしいぜ……。

えっと、ツッコミしないとな。……あれ、英語でツッコむのってなに言えばいいんだろ？

やばいやばい！　単語すら全然出てこない！　……あーもうこれでいいや！

「オウ！　シャラップ！　ファッキュー！　ホーリーシット！　サノバビッチ！　アイムファッキンクリーンブイチューバー！　オーケィ⁉」

：lol

：OMG

：歴史上稀に見る過激派配信者で草

：oh! she's crazy!

：ここ英語字幕付きで切り抜かれて海外ニキから人気になりそう

：英語圏に逃げても清楚になれない女

：ニューヨークでは日常茶飯事だぜ！

……英語って難しい。

「英語ジョークはこのくらいにしておきますか。やっぱり私は大和魂を秘めた日本人よ、海外は嫌いじゃないけど行くのは少し怖い……。あ、そうそう、海外で思い出したけど、この前ネットでたま〇っちをファッションアイテムにしてる海外セレブの記事を見たんだよね！　いやぁやっぱ海外はすごいね！」

：行くの怖いめっちゃ分かる。ネットで景色見るのとかは好き

：海渡るだけで今まで信じてきたルールが通用しない世界だからなー

：淡雪ちゃんは同時にライブオン国民でもあるから

：なんだそのキ〇が三日どころか三分で出ていきそうな国は

：おかしな国（直球）

：たま〇っち懐かしい！

：それはおしゃれなのか……？

：ファッションなんて自分が着たいものを着るのが一番よ

：そんなセレブいたなぁ。シュワちゃんは遊んだことあるの？

「いや、子供のころ学校で微流行したときに少し友達から借りて触ったことがあるくらいで、かわいいキャラクターを育てるゲームくらいの知識しかないなぁ。皆はやったことある？」

：ないです……

：遊んだことはないけど、小学生のころ姉が料理中沸騰した鍋にたま○っち落としちゃったのを見たとき、「ゆでたま○っち！」て連呼しながら爆笑してしばかれたことならある　￥1200

：いかにも小学生らしいクソガキで草

：最初は楽しかったけど飽きが来て放置に入り、久しぶりに起動して死んじゃってたのを見た友人に「お前のたま○っち腐ってるじゃねーか!?」って言われた記憶ならある　￥5000

：あまり褒められた話じゃないけど草

「なんで普通に遊んでいる人がいないの……？　いや、私のリスナー層男性の方が多いから仕方ないのかな。もっとさ、女児らしいキラキラした思い出を持ってる人はいないのか！　いやむしろ女児はいないのか⁉」

：女児がお前の配信見てるわけねぇだろ

：もはや罵倒で草

：還ちゃんがヨーチューブ君から子供向けコンテンツ認定されて歓喜してたの思い出した

：なお一瞬で剝がれて大激怒お気持ち配信を開いた模様

：「ヨーチューブのAIは大人とあかちゃんの区別もできないんですね！」ってブチギレ

てるの聞いて、あっ、やっぱりヨーチューブ君は優秀なんやなって思った　¥２１１
：ガラガラ鳴らしながら「ヨーチューブ君もこの中身みたいになりたいか？」って言ったシーンで腹筋割れたわ

「いや、還ちゃんはあれだから、自分のことを女児と思っているアラサー女なだけだから。毎週プリキ○アを楽しみにしてるリスナーさんたちと一緒だからあれ。あれを女児と認めるのはこの世でシオンママくらいなもんですよ」

：あまり俺たちをバカにするなよ
：俺らプリキ○アは見てもおしゃぶりはしゃぶらねーもんな
：草
：あの子体もガタ来てるしで、女児要素の欠片もない……
：肩回したとき骨が砕けたみたいな音してたもんな……

「あーでもそれは仕方ないと思うよ。あの子元漫画家さんだし、ライバー活動もライブオンは体動かすこと少ないからなぁ。私も十年後とか大変なことになってるかも……」

：デスクワーク系はどうしてもね
：還ちゃん十年後も赤ちゃんなのかな？
：一生赤ちゃんしてそう

：幼年期が終わらない（クラーク涙目）
：今のうちにジム通うとかいいかも
：シュワちゃんは体やわらかいの？
「ジムかぁ、今は良くても将来の為に体動かさないとまずいかなぁ。でもね、意外と体はやわらかいんだよ！」
：マジで？
：完全に全方位型運動音痴を想像してた
：I字開脚できる？
：I字開脚ってY字とどうやって区別するの？
：ガ〇ンの爆裂蹴は文句なしのI字開脚だぞ
：そんなわけないと思って調べたら完璧すぎるほどI字で芝
：ガ〇ンバレリーナ説
「ふっふっふ！　確かに運動は苦手だけど体のやわらかさだけはそこそこなんだよねー！ちょっと開脚やってみっか。んしょっと、学生のころとか結構開いて」
ゴキッ！
「アアアアアアアアアアア――――‼‼」

：この掛け声、もしかして魔人拳!?　しかもDX仕様のやつだ！
：爆裂蹴が魔人拳に化けたガ○ンのモノマネだ！
：wwwwwww
：よく叫ぶなぁこの清楚
：せめて叫び声くらいは清楚にしなよ……
：ガ○ン心音（こころね）淡雪説
：学生のころは人生において特別なバフがかかっているだけだから……
：就職から一、二年で信じられないくらい衰えてビビった
：大丈夫ー？

「ダ、ダイジョブ……心配してくれてありがと……」

幸いケガなどはなかったが、一瞬地獄を見た私なのだった。

「やっぱりさ、運動しなきゃだね！　これからは毎日何かしらするようにしよう。実際他のライバーは運動どうしてるんだろ？」

：光（ひかり）ちゃんはフィジカルエリート
：ライブオンで一番体力あるのは間違いなさそう
：休止理由も体じゃなくて喉だったしな

：組長腹筋バキバキに割れてそう

：ハレルンとかどうなんだろうか？

「あー……晴先輩一番謎だな。なんか配信で海外サッカーが好きとは言ってたけど、見る側なだけでプレイはしないっぽかったしなぁ。でもこの前事務所でカバディソロプレイしてるの見たからスポーツするのも好きなのかも」

：事務所でカバディしてたことを当然のように言うな笑

：カバディ!?

：ライブオンでは日常茶飯事だぜ！

：え、ソロ？　カバディって1人でやれるものなの？

「その時の話するか！　あのね、どうやらその時晴先輩の中でカバディが流行してたみたいで、一緒にやる仲間を募集したんだけど社員さんの中にルールが分かる人が居なかったらしいんだよね。だから皆にカバディの魅力を分かってもらうためにそれはもう鬼気迫る表情で『カバディカバディカバディ』って連呼しながらソロプレイしてたんよあの奇才は」

：えええええええ……

：メンタル強すぎて草

：？？？

：ホラーかな？

「でもここからが更にやばくてね、その姿を見たライブオンの社長さんが感銘を受けたらしくて、そのカバディに飛び入り参加したんだよ」

：は？

：社長⁉

：ファ――――www
：とんでもない大物が何してんの……

：社長って創立メンバーの１人だよな？　ハレルンと仲がいいのも納得だがカバディ参加はおかしい
「『晴！　お前のカバディ最高だぜ！』『社長⁉　よっしゃあ！　お前のカバディ見せてみろ！』って流れで勝負が始まったわけ。だけど信じられないことに、この流れで参加した社長もカバディのルールほとんど知らなかったみたいなんだよね」

：は⁇

：そんなことある？

：ライブオンの社長の話ってあんまり聞かないけど超ヤベーやつじゃねぇか

「その後も簡単に流れを説明すると、」

『はい、タッチ！』

『カバディカバディカバディカバディ！』

『……あの、社長？　私タッチしたんだけど、捕まえに来ないの？』

『まさか逃げるのか⁉　お前のカバディはそんなものか⁉』

『いや、だからルールがだね？』

『うるせぇ！　カバろう！』

『――うん！　そうだよね！　私どうかしてた！　一緒にカバろう！』

『カバーディカバディ！　ミラクルカバディ！　カバってカバディ　ナンバーワン！』

『社長のカバディ見てたら私も体内のカバディ細胞が活性化してきたよ！　もうカバディのことしか考えられない！　私今日からヴァーチャルカバディ選手になる！』

『『カバディカバディカバディカバディカバディ‼』』

「って感じでずっとカバディ連呼始めちゃったんよ」

：2人とも今すぐクビにしろ
：www
：結局カバディですらないの本当に草

：バカディ

：クトゥルフかなんかの儀式かな？

：日本ではネタにされがちだけどカバディ自体は熱いスポーツなんやで

：インド代表のプレイ見てすごすぎて感動した覚えある

：灼〇カバディ、皆も読もう！

「最終的に、」

『あれ？　淡雪さんじゃないですか！　こんにちは！　直接会うのは結構久しぶりですね！』

『そうだ！　シュワッチも一緒にカバるんだカバディ！　出会って2秒でカバディは最高なんだカバディ！』

「って言いながら私にカバディカバディ言いながら迫ってきたから、当然ながら恐怖を感じて逃げた私だけど運動の否定はだめだよね！　……ちなみにリスナーさんたちって運動はしてるの？」

：膝に矢を受けてしまってな

：アシクビヲクジキマシタ－！

〈相馬有素〉：私は淡雪殿の顔をプリントした紙を顔の下に敷いて腕立てするのが好きで

あります！　これで毎回淡雪殿とキスできるのであります！

：ヤバ過ぎて声出た、流石だなぁ……

：ここまでくると尊敬すらある

「ほとんどダメじゃん……あと有素ちゃん、その変態的発想力の高さは認めるけど、それは本人に言ったら絶対ダメなやつなんだよ。あーでも定期的に運動してるだけ私よりましなのかなぁ。食事は健康的なものを摂るようにしてるんだけどなぁ。今日とか夕食一汁三菜一零よ」

：健康的……？

：一なのか零なのかはっきりしろ

：シュワちゃんの料理食べてみたいからレストラン始めてどうぞ

：シュワちゃんがレストラン始めたらあらゆるメニュー名に『スト○○を添えて』って付けてそう

：レストランは無理としてもコラボカフェとかやらないかなぁ

「コラボカフェ！　いいねそれ！　メニューとかどんなの出るだろ？　各ライバーに対応したものが出るとしたら……還ちゃんがお子様ランチとか？　そんでエーライちゃんは……フグの刺身？　いや、カツ丼か？」

：カツ丼は草、捕まってんじゃねーか

：気持ちよくなれるサラダとかでしょ

：お脱法ハーブ生えますわ

：還ちゃんは一周回ってお子様ランチに馬刺しとか入れてきそう

：シュワちゃんはスト○○で間違いなし

：スト○○で煮込んだスト○○とスト○○のスト○○和え、スト○○風～春めくスト○○にスト○○の香りとスト○○を添えて～

：シュワちゃんがスト○○を添えるだけで満足するはずがないので、スト○○〝に〟添えての間違いだな（錯乱）

：それはコラボ先を間違えてないか……？

：スト○○以外ならゲロしか思い浮かばん

：食品衛生法違反不可避

：厨房にいるシュワちゃんが注文が入るたびに吐くぞ

：３日で死にそう

：光ちゃんは激辛とか？

：ほとんどのメンバーが食品なのか怪しいもの出てきそうで草

「いいねぇ、なんだか最近ライブオンの規模の膨れ方を見るにありえなそうな話じゃないって思えてくるからすごいところまで来たなって思うよ。あっ、そうそう聞いて！　この前私がコンビニで買い物してた時にライブオンの話をしてる人たちを見たんだよ！」

：おお！

：その人たちが羨ましい……

：一緒の空気吸ってみたい

：その人たちもまさか本人がいるとは思わなかっただろうな

：なんて話してた？

「男の人２人組でね、最近好きなVの話してて、片方の人が『お前ライブオンって知ってる？　最近ハマってんだよね』って言ったらもう片方の人が『あっひゃっひゃ！　お前マジかよあっひゃっひゃ！　ライブオンとかあっひゃっひゃ！　まぁ俺も見てるけどおほ――（'ε ')』ってサルみたいに爆笑したんだよね。危うく殴り掛かるところだったど」

：この流れでまさかのマイナス？の話なのかwww

：あっひゃっひゃ！（煽り）

：おほー言ってるってことは笑ってる方シュワちゃん推し説ありそう

：見てるやつが『とか』呼びする箱

：世間からのライブオンのイメージが分かるｗｗｗ

：あわちゃんバレなかった？

「バレはしなかったよ、変装してたから！　そもそも2人とも会計中だったから私の方向すら向かずにコンビニ出ていったしね。でもさ！　あっひゃっひゃはないでしょー!?　ライブオンの面々見てみなよ！　皆かわいいでしょうが！　癒されるよねとか応援したくなるよねとかどちゃシコだよねとかあるでしょうよ！」

：あっひゃっひゃはだめでどちゃシコはいいのか（困惑）

：シュワちゃんにとっては最上級の褒め言葉だから

：どちゃシコとかあっひゃっひゃ！　￥50000

：草

：草生えたけど俺も誰かとライブオンの話するときこんなノリだったかも

：かわいさを犠牲にしてるのは君たちの方なんやで……

：かわいければなにをしても許される説の限界に挑戦してる女

「もう、これからは皆外でライブオンの話するときは褒めたたえるんだよ、分かった？
……あははっ！」

ほぼほぼ冗談とはいえ不満げに話をしていたはずが、最後の最後で私まで笑ってしまった。

やはり人はなんだかんだ誰かとの繫がりを感じたときに幸せを感じる生き物だと思う。

雑談はリスナーさんとの会話による繫がりが最も感じられる配信スタイルだ。話している内に自然とこちらも楽しくなってきてしまう。

そのこと自体は話も弾むため良いことなのだが――でも、ここの瞬間に関しては、楽しくなりすぎて油断してしまったかもしれない。

それは、配信も終わり間近に差し掛かり、有素ちゃんがこの前配信内でご家族の衝撃エピソード集を紹介したという話題について話していた時のことだった。

丁度コメント欄に有素ちゃんも居たため話題自体は盛り上がったのだが――

「やっぱりあのお泊りの時ですら片鱗でしかなかったんだね……えっとなになに、シュワちゃんの家族はどんな人？　――あっ」

普段は申し訳ないと思いながらも絶対に拾わないコメントを――私は盛り上がった勢いのままに拾ってしまった。

か　ぞ　く　家　ぞ　く　か　族　かぞく　家ぞく　か族――『家族』

一瞬にして脳内が真っ白になり、酔いが急激に冷めていく。真っ白になったキャンバスに一つの単語がひたすら書き込まれ埋めつくす。まるで時間が止まってしまったかのように鼓動が止まる。このまま私と一緒に世界の時間も止まってくれたらありがたかったのだが、変わらず平和に流れ続けるコメント欄を見て時間の流れを思い知り、今度は焦り（あせ）からアドレナリンの放出が止まった副作用のように暴れる鼓動が私を襲う。

「あー……まぁそうだなぁ、うーん…………えー……あっ！　もう配信も終わりの時間だね！　この話はまた機会があったらね！　えーそれじゃあ皆今日もありがとう！　バイバーイまたねー！」

結局私は数秒言葉に詰まった後、配信時間を言い訳にして強引な流れで話を配信ごと終わらせた。

…………………………。

「うがあああぁぁぁ——‼　なにをやっているんだ私は————‼」

そして数秒の虚無の時間の後、頭を抱えて椅子から床に崩れ落ちた。

「なんで拾っちゃうの私⁉　てかせっかくリスナーさんが書いてくれた質問なんだから拾ったんならそれはそれで喋（しゃべ）れよ！　喋れないにしてももっといいやり方あっただろ！　も

うそこそこ配信者歴長いんだぞ！　あ――もうほんとばか‼」

強烈な自己嫌悪に襲われる。最近は配信でライブオンらしい放送事故はあっても失敗したと感じることはなかったので尚更である。

明確になにか事件が起こったわけではない為、流石に今のが原因になってSNSで騒がれるようなことは起きないだろうが、それでも自分にとってはトラウマレベルの失態だった。

「しっかりしろ！　マナちゃんの卒業を知った日の決意を忘れたか！」

両手で自分の頬を叩き、気合いを入れ直す。うん、もう二度と同じミスはしない！

そう誓い目を閉じて上がった心拍数を落ち着けていると、やがて時間と共に胸中に吹き荒れた嵐は止んでいった。

それでも――

「家族かぁ……家族って、一体なんだろうなぁ……」

胸中の空を覆った薄暗い雨雲が完全に過ぎ去るまでは、もうしばしの時間が必要そうだった。

今日は鈴木さんとの通話による打ち合わせがあった。

それ自体はいつものことなのだが、どうやら本日の打ち合わせ内容にはとても重要な事項が含まれているらしく、私も心して話を聞いていた。

そのはずなのだが……。

「いやまずいって！　それはまずいですって！」

話を聞き終わった後、私はこの有様だった。

「まぁまぁそう言わずに。ほら、雪さんだって星乃マナさんはご存じでしょう？」

「知ってるもなにもつい先日卒業を聞いて放心していましたよ！」

「それではなにも問題ないですね。『雪さんが星乃マナさんの卒業ライブに出演』ということで」

「いやいやいやいやいや！　自分で口に出してておかしいなって思わないんですか⁉」

そう、話の内容は今鈴木さんの言った通りだった。

少し詳しく聞いた話を説明すると、先日卒業を発表したV業界の重鎮である星乃マナちゃんは、卒業配信の中で『最後に会いたい人たち』というコーナーを設けているようだった。

内容はコーナー名そのままで、マナちゃんと仲が良かったライバーさんなどに順番に来てもらい、マナちゃんが最後のお話をする流れ。

そして流石はマナちゃん、今参加が予定されているだけでもVに限らない超有名配信者の名前が当然の如くズラーっと並んでいた。

問題はここから、そのリストの中にあるのだ——ライブオンから唯一私の名前が‼

信じられないことだが、つまりはマナちゃんの卒業配信に、なぜか一切の関わりがなかった私が御呼ばれされているらしい。

「おかしいでしょ⁉　なんで感動的な卒業配信に初対面の私呼ぼうとしてるの⁉　最近流行の卒業式に有名芸能人を呼ぶ流れで、壮大なフラグを立てた末に近所のおもろいことに定評のあるおばさんが来たみたいなものですよ⁉」

「雪さんはおもろいおばさんじゃなくて立派なVTuberかと。謙遜し過ぎですよ。でも確かにすごいですよね、この中でマナさんと初対面なのは多分雪さんだけですよ」

「なんでそんなに冷静なんですか……」

実は私がここまで混乱しているのには、今ツッコミを入れた点以外にも理由があった。

これもカステラ返答の時に少し触れたが、それは活動内容の明確な違いである。

マナちゃんはデビューしてから今日に至るまで様々なことをやってきたが、それでも一貫して『アイドル』的活動を通していた。

それに比べて私たちライブオンはライブなどをやることはあってもその活動はかなりバラエティ的というかネタ枠的というか……そこに惹かれる人が居てくれたから活動できているのは理解しているのだが、向いている方向性が正反対なのだ。

その証拠に、マナちゃんは私どころかライブオンの面々とのコラボ、もっと言うと名前を出すことすら私が知る限り一度もなかった（完全にライブオンが魔境過ぎるのが悪いと思う……）。

前提として、参加するのが嫌なわけではない、むしろあまりに光栄なことだ。でも、卒業配信に私が御呼ばれされる理由があまりにもない為、それが不安というのが正直な心境だ。

「うーん……やっぱり私はまずいですってぇ……」

「んー……あっ、ほら、晴さんのソロライブ参加の依頼がきたことありましたよね、あの時と同じですよ」

「いやいや、これはライブオン外の話ですし……というか、むしろここはその晴先輩の出番なのでは？　ライブオン代表と言えばそっちでしょ！」

「これはマナちゃんの運営さんサイドの人選ですから。その点は私にはなんともですね……」

「マナさんの運営さんどうした！　最後だからって会社辞める前日の無敵モードみたいになってるんじゃないだろうな！」

「あ、これリストアップしたのマナさん本人らしいですよ？」

「え？」

それって、マナちゃん本人が私に会いたいって言ったってこと……？

勝手にそんなわけがないと思い込んでいたから運営さんがチョイスしたのかと思ってた……。

「この卒業配信自体最後ということで、運営サイドさんも感謝を込めて、マナさん本人の意向が強く配信内容に反映されているみたいなんですよ。個人的にその点があるので雪さんには受けていただきたいんですよね」

「そう……なんですか」

「恐らく今回ライブオンに依頼が届いたのも、そういう事情があってのことなのではないかと私は読んでいます。共演NGは言い過ぎなのかもしれませんが、まぁコラボしてる光景に違和感はありますよね」

「なるほど……うーん、確かにマナちゃん本人が望んでいるのなら私が出てもいいのかなぁ……」

「……それとですね、雪さん――」

さっきよりは前向きに捉え始めた私の背中を押すように、鈴木さんはこう言った。

「選ばれたということは、そこに意味があるんですよ」

「意味？」

「はい。他の誰でもないマナさん本人が卒業配信で雪さんを選んだ。どんな思惑があってかまでは分かりませんが、そこには初対面だとか方向性の違いとかは関係なく、選ばれたことだけで意味があるんです。自分が相応しくないなんて考える必要は全くないんですよ。マナさんが選んだのなら、選ばれなかった誰よりも貴方はふさわしいんです」

「………」

「マナさんの為にも、引き受けていただけませんか？」

「……分かりました。でもですよ！　引き受ける以上私は全力で挑みますけど、もしヘンなことが起きても知りませんからね！」

「ふふっ、はい。ありがとうございます」

最終的に鈴木さんのその言葉が引き金となり、私は首を縦に振った。

「当日ですが、こちらからの事前の準備などはなにも必要ないらしいです。マナさん曰く『近所のコンビニに行くくらいの気軽さでいいですよ』と」

「そんなことできるか‼」

「いいですね、そのいきですよ」

こうなったら尚更配信のミスでくよくよなんてしていられない。遠い後輩としてだけじゃない、マナちゃんの卒業配信を飾る一員として恥ずかしくない姿をリスナーさんに見せなければ！

今一度両手で自分の頬を叩き、これはマナちゃんからの闘魂注入ということにする。

よし、いけそうだ。今はマナちゃんに集中しているから空模様なんて曇りだろうが台風だろうが目に入らんよ！　むしろやる気ＭＡＸＳＴＲＯＮＧモード！

こうして、伝説×伝説（笑）の最初で最後のコラボが決定したのだった。

第二章

シュワちゃんのお悩み相談所

人はその一生において数々の『悩み』を経験する。

悩み、それは大多数にとってできることなら避けたい事柄だ。誰だって悩みのない晴れやかな気持ちで人生を謳歌したいと願う。願うのだが……やはり現実はそこまで甘くない。人は生まれてから常に何かに悩み続け、そしてそれを打ち破ることで現実と戦い生きている。

だが、時に1人で悩むことに疲れてしまうことや、どうすればいいのか分からなくなってしまう時もある。そんな時は、誰かに悩みを吐き出すことができる場所が欲しくなるものだろう。

そんなわけで、今日はこんな企画を立案してみました！

「ババン！　シュワちゃんのお悩み相談所、グランドオープン――！　イェーイ乾杯だ――！　プシュ！　ごくっごくっ、プハァアアアア‼」

：出オチが過ぎる

：えぇえ……

：グランドクローズドしろ

：冗談は生き様だけにしとけよ

：今リスナー全員が悩みで頭抱えてますよ、どうして誰も止めなかったたって

「というわけでね！　いくら自由の国アメリカが国の未来に不安を覚えたと言われるほど自由すぎるライブオンのライバーとはいえ、日頃からなにか悩みを抱えている人がいると思うんだよ。そんな悩みをこのシュワちゃんがスト○○の力でシュワっと解決してしまおうという企画なのさ！」

：超大国に精神攻撃するな

：君のせいで性癖を丸裸にされて悩んでいるライバーなら大勢いるぞ

：今裏では組長がリーダーになって襲撃考えてそう

：お悩み相談所が襲撃されるのは草

：自由が何でもしていいというわけではないことが良く分かる教材

：スト〇〇の力だと解決どころか悪化させる未来が見えるんですが……
：これこそ清楚でやるべき企画じゃないのか……
「お、なんだなんだ？　このシュワちゃんのお悩み相談が不安だとでも言いたいのか皆はーー！　じゃあいいよやってやるよ！　実力の証明がてら1人目のライバーが来るまでの時間で皆の悩みをパパッと解決してやるからさ、コメントしてみろやい！」
：おお！
：流石シュワちゃん、流れが分かっている
：人と話す時に目を合わせることができず俯いてしまいます。どうすればいいですか？
「もし俯いたら相手に『こいつ私の股間を見ながら話している⁉』と思われてしまうと自分から思い込むことです。そうすれば自然と顔は上がります。ドヤぁ（・´ｰ・｀）」
：うーんこの
：微妙に使えそうなの腹立つ
：もし本当に効果あったとしても、お悩み相談所がこんな案を出してくることに問題があるんだよなぁ
：これが行列のできないお悩み相談所ってやつかぁ
：体重を落としたいと考えています、どうすれば痩せますか？

「食べるな動け」

：草生える

：これ以上ないくらいの解決策だぞ、褒めてやれよ

：それができない人が大勢いるんよ……

：開脚しようとしたらゴキィ♥って音なった人がなんか言ってる

：クパァ♥みたいに言うな

「だってそんなの私が知りたいくらいだから仕方ないだろ！　本気で痩せたいならお悩み相談行かずに真っ先にジム行けよ！　それかこっちのシュワちゃんじゃなくてコ◯ンドーの方のシュワちゃんに聞いてこいや！　シュワちゃん違いなんだよ！」

：それはそうかもしれんけど笑

：そっちのシュワちゃんに聞くと体重落ちるどころか筋肉で増えそう

：野菜が苦手で偏食気味、どうすれば食べられるようになるか教えてくれシュワちゃん！

「あーやっぱりイメージが大切だと私は思うんよ。ほら、どんなに苦手な野菜でも、このシュワちゃんが丹精込めて育てて、皮を剝(む)いて、切って、調理した野菜だと思えばほら！食べられるようになっただろ！」

：いや普通に無理っす、ゲロまずっす

：www
：あまりにも屈託のない全否定で笑った
：なんか酒臭そうだもんな
：スト○○を畑に植えてそう
「じゃあもうしらねーよバーカ！　野菜食べないとビタミンが不足しがちだからサプリとかで摂るようにするんだぞバーカ！」
：はーい！
：お悩み相談職員がもうしらねーよバーカはだめだろwww
：プロレスでキレても栄養不足を心配するシュワちゃんまじ清楚
：清楚を出すタイミングが下手すぎる、なんたる残念清楚
：シュワちゃんにガチ恋したんですがどうしたらいいですか？
「え……え、ガチ恋？　あっ、あー……マジ？　え、あ、そっかぁ！　私にガチ恋しちゃったかぁ！　そっかそっか、えへへ、そりゃーたいへんだたいへんだ！　どうしたらいいかなー！　ちょっとスト○○失礼、ごくっごくっ」
：めっちゃ照れるやん
：にやにや

：こういうときだけかわいい
：シュワちゃんにもガチ恋居るんやな……
：むしろこれだけビジュアル良くて居ない方がすごいんだよなぁ
「いやぁ～でもあれだよ？　私お酒飲んでばっかりで下ネタも言うからあんまりガチ恋してもときめいたりしないかもよ？　あーでもでも、ガチ恋してくれること自体はうれしいんだけどね！　えへへへへ」
：あ、違います、ガチ恋してるの貴方じゃなくてコ○ンドーの方のシュワちゃんです、筋肉ペロペロ
「あーそっかぁごっめーん間違えちゃったぁ！　シュワちゃん恥ずかしーい！（バキバキバキバキィイイイ!!）」
：大竹林
：そんなオチだろうと思ったよ！
：清楚が泣いてる
：スト○○缶握りつぶす音ガチすぎるwww
：SEとセリフが合ってないんよ
：大丈夫！　こっちのシュワちゃんもかわいいよ！

：淡雪ちゃんしか勝たん！

「はぁ、はぁ、ありがとう、なんとか落ち着いてきた……えーっと、もうライバーの用意ができたみたいだから本題に戻るね……」

全く、私の方が時折配信がプロレス会場になるのはなぜなのかを相談したいくらいだよ……いや全部私のせいか、やってきたことがやってきたことだもんな、答え出てるわ。

「えーそれではご登場してもらいましょう！　1人目の悩めるライバーはこの人だ！」

「宇月です。この前マネージャーさんにシオンと恋仲になったことを報告したら、犯罪を疑われました」

「…………」

「宇月です。シオンのマネージャーさんにも恋仲になったことを報告したら、精神が錯乱していないかと心配されました」

「あの～」

「宇月です。ライブオンの社長にも恋仲になったことを報告したら、冗談はＡＶの中だけにしとけと言われました」

「おい」

「宇月です。昔時間停止モノ百合ＡＶに出演したときなぜか普通に動けてしまい、これは自力でなんとかしなければと意地で瞬きどころか呼吸まで停止させて気絶しかけたことがあります」

「おいそこのばか」

「宇月です。この尋常じゃないプロ意識を見せた私に監督がかけた言葉は『君やばいね』でした」

「淡雪です。最近とうとう清楚ネタでイジられることも減りました」

「ちゃんとお悩み相談しなよ」

「自分で掛けた梯子切り落とすな」

：wwwwww

：うわっ、聖様だ！

：草

：ヒ〇シネタとか懐かしい、好きだったなぁ

：今もアウトドアとかで大人気だぞ

：君やばいね

：え？　時間停止モノで動けたとか聖様すげぇ！　耐性スキルとか持ってるんかな？

：社長の言葉思い出せ

：え……もしかしてあれってヤラセなの？

：時間停止モノは９割偽物ってそこら中で言われてるだろうが

：１割は本物みたいに言うな

：時間停止をくらった側が時間停止をやり返すジ○ジョみたいな展開のやつないかな

：ショジョの奇妙な冒険みたいなタイトル付けられてそう

「えーというわけでね、やぁ諸君、皆の聖様が登場だよ。今日はね、淡雪君が悩みを聞いてくれると言うから足を運んでみたんだ」

「すみません、お引き取り願えますか？」

「え、どうしてだい？」

「うちの相談所は聖様お断りとなっておりますので」

「まさかの個人指定⁉　出禁ってことかい⁉　まだ私なにもしてないのに⁉」

「まだってことはやらかす気あるのかよ」

「まぁまぁ一旦落ち着きたまえ。ちゃんと悩みがあって来たのは嘘じゃないんだ」

「本当ですか？　悩めるライバーかと思ったら悩みの種が来てブチギレそうになりましたが、まぁそういうことなら入店を許可しましょう」

：収益化剝奪の次はなにやらかしたんや

：とうとう垢（あか）BANかな？
：シオンママと別れそうに一票

　というわけで、１人目のライバーはこの赤い変態だ。
例の収益化剥奪の後から人間味がある言動も増え、親しみやすくなったと言われている聖様。今では収益化もとっくに戻っているが、その本質は変わらずガチ百合＆下ネタbot。開幕のテンションの時点でろくでもないことしか言い出さない気しかしないが、まぁ話は聞いてやろう。

「それで、今日はどうしました？」

「うん……今日はね、聖様のシオンのことについて相談があるんだ」

「お前のじゃねーよ。まぁいいや、それでどうしたんですか？　コメントにもあった通りもう別れそうにでもなりましたか？」

「いや、そこは問題ない。順調に仲を深め合っているよ」

「そうですか、それで、どこまでいったんです？」

「え？」

「どこまでヤッたんです？」

「ええ？」

「ええじゃねぇよSEXしたのかって聞いてんだよゴラァ——‼」

「えええええ⁉」

らしくない大声をあげた後、もじもじとした様子で口ごもり、目を泳がせる聖様。

は？

「えーっとだね、ほら、そこはあれだよ、プライベートってやつだからさ。だからあのね、ご想像にお任せします……みたいな？　あはは」

「いぎぃぃぃぃぃ‼‼」

「ど、どうしたんだい淡雪君？　そんな奇声を出して……」

「うるさーい！　なんなんだよ！　今更純情ぶるなよ！　ド変態なら常にド変態でいろよ！　なんで今更照れてんだよ！」

「あ、あれ？　淡雪君、収益化剝奪されたときはなんだかんだ言いつつも聖様の変化を喜んでくれてなかったかい？」

「そうだったかもしれないけど！　聖様がかわいいと思ったら私はなにか大切なものに負けた気がするんだよ！」

「お？　なんだいなんだい？　とうとう淡雪くんもこの聖様の魅力に気が付いたのかい？　お？　お？」

「ふぅ、うざすぎて落ち着いた。やっぱり聖様はこうじゃないとな」

「相変わらず淡雪君は面白い子だなぁ」

：最近の聖様はこういう一面が見えるようになったよなぁ
：微妙な変化だけど、シオンちゃんの影響やろなぁ
：かわいい（怒）

「それで、話を脱線させちゃってすみません。シオンママのことでしたよね」

「うんそうそう。シオンって皆知っての通り赤ちゃん大好きなわけだよ」

「そうですね」

「だから聖様に『ねぇ聖！　毛剃（そ）ってほぼツルツルにしてみない？　きっとかわいいよ！』って言ってきたんだよ。どうすればいいと思う？」

「お前もう帰れよ」

「え、どうしてだい？」

「いや、聖様脱毛事情とか死ぬほどどうでもいいんですけど。勝手にやればいいじゃないですか」

「脱毛って言ったたって髪の毛だよ？」

「――――は？」

今なんと……？

「え、今髪の毛って聞こえた気がするんですけど、そんなわけないですよね？」

「いや合ってるよ、髪の毛髪の毛」

「あの頭に生えている？」

「それ以外の毛は髪の毛とは言わないだろう」

あっけらかんとした聖様の様子に頭の認識が遅れたが、つまりは話を聞く限りこういうことだ。

シオンママが聖様の髪の毛を全て剃り落とそうとしてる――と。

「いやいやいやいやいやいや！　おかしいでしょ⁉　なんでそんな話になった⁉　もうふざけたりせずにちゃんと話聞いてあげますから説明してください！」

「今度は急に優しくなってどうしたんだい？　えっと、この前聖様が髪形を変えようかとシオンに話題を振ったら、赤ちゃんスタイルとかどう？ってなった流れだけど」

「いやだからおかしいんだって！　頭ツルツルにするってことですよねそれ⁉」

「シオン曰くほんのちょっと短い毛を残すのが乙らしいよ」

「知らんわ‼」

：⁉

：これはやばい、限りなくやばい

：シオンママ……近しい人には更におかしくなるんだな……

：どうでもいい悩みかと思ったらガチなやつが来て草引っ込んだ

：ナチュラルに下の毛かと思ってしまった、すまない……

：下の毛だと思っていた人、煩悩を取り払う為に頭丸めて出家しましょう

え、なにこの状況？　おかしな点がありすぎるんだけど⁉

色々聞きたいことはあるけど、まず第一は——

「なんでそんなこと言われて平然としていられるんですか⁉　聖様も髪の毛無くなったら困るでしょ⁉」

「まぁそれはそうだよね。聖様も女の子だし、この深紅の髪は自慢のアイデンティティだからね。そう思ったから一旦返事を保留にしたわけさ」

「じゃあ！」

「でもさ、シオンがそれを好きなんだったら案外悪くないかなーとも思ってね？」

「どうしてそう思っちゃったの⁉」

「どうしてって……ほら、聖様案外惚れた人には尽くすタイプだからさ」

「えええ……」

：すごいな……これが愛の力か……

：こんなてぇてくない悩みで愛を見せて欲しくなかった

：これまた聖様の意外な一面が見えた

：体にモザイクかけられて目に黒線貼られた次は髪の毛無くなるのか……

：宇月聖の消失

：これもう実質ゆゆゆだろ

「もう一度よく考えてみましょう？　確かに現代は多様性や個性を認める傾向が強くなってはいますけど、ほぼ全剃りはいささかファンキーすぎやしませんか？　髪は女の命なんていう言葉もあるくらいですし……」

「あー、やっぱり淡雪君もそう思う？　流石の聖様もこれは悩んでたんだよね」

「取り返しがつかないことですし、悩むくらいならやめときましょう。そうだ、今からシオンママに通話繋いでお断りの連絡とかしましょうか？　乗り掛かった舟ですしサポートしますよ」

「淡雪君がめっちゃ優しい……これは傍から見たらそれだけの悩みだったたってことだね。ありがとう、それじゃあ今解決までいってしまおうか。丁度今ならシオンも暇だと思うし」

「了解です、それじゃあかけてみますねー」

シオンママに通話をかけてみると、僅かワンコールで繋がった。

「あ、シオンママ？　今配信中なんですけど、少し大丈夫ですかー？」

「うん大丈夫だよー！　と言うか配信見てた！」

「あ、本当ですか！　それなら話が早いですね。ほら聖様、出番ですよ」

「承知した。あーシオン？　聞いてたと思うけど、やっぱり聖様は自分の髪に結構愛着があってさ、ご希望に添えなくて悪いけど剃るのは厳しいかなーって」

「うんうん、分かった！」

お、予想通りではあったけどあっさり首を縦に振ったな。これは私いらなかったかな？

「というかね、それ実は半ば冗談で言った部分があって……まさか聖がそこまで私の好みに合わせようとしてくれるだなんて思ってなくて、ちょっと感動しちゃった」

「ははっ、なんだそうだったのかい？　もう、この聖様はシオンが喜んでくれることが至上の喜びって知らなかったのかい？」

「キャーなんてカッコイイ彼女赤ちゃん――‼　でもね、嫌だと思ったことはちゃんと言うべきって私思うの。じゃないと関係が歪になっていっちゃう気がして。だから聖もこれからは疑問に思ったことがあったらちゃんと口にしてほしいかな。今更その程度で拗れる私たちじゃないでしょ？」

「うん、その通りだね。これからはそうするよ。流石はシオンだ、聖様の見えないところが見えている」

：あっ、てぇてぇ……

：てぇてぇけど彼女赤ちゃんってなんだ？

：この2人マジででれっでれだな

：仲良し

：デビュー当初はまさかこうなるとは予想できなかった

……うん、これはもう大丈夫そうかな。

「はいイチャイチャはそこまで！　この枠では企画の進行があるので、後はお二人でどーぞ」

「おっと失礼した。ありがとう淡雪君、おかげで悩みは解決したよ」

「私からもありがとー！　今度目いっぱい甘やかしてあげるね！」

「いえいえ、こちらこそありがとうございましたー」

２人が配信から去っていく。

ふぅ、相変わらず困った先輩たちだぜ。

……あれ。

「ちょっと待って。なんか最終的に私の配信を利用してのろけを披露されただけだった気がしてきたんだけど⁉」

：草

：まぁまぁｗｗｗ

：お幸せそうだからええやないか笑

「む――――‼　やっぱり当相談所は聖様お断りだー‼」

それは、まるでこ〇亀のオチのような叫びであった……。

「失礼、取り乱しました……えーそれでは、２人目の悩めるライバーの登場です！　どうぞー！」

「やほやほー！　皆の心の太陽の、朝霧晴(あさぎりはれる)が昇ってきたよー！」

：ハレルンだ！

：お、ということはお天気組じゃん

：あ！　バーチャルカバディ選手の人だ！

というわけでライブオン一期生であり全ての元凶でもある晴先輩に来てもらった訳なんだけど……。

「あの、企画に協力してもらった身でこんなこと言うのもどうかと思うんですが……晴先輩今悩みとかあるんですか？」

最近事務所でカバディしてた人がなにかに悩んでるイメージは湧かないんだよな……。

「あるよ！　税金！」

「ちょっと悩みが生々しいうえに専門外なんでお引き取り願えますか？」

「さっきから客選びすぎでしょこの相談所」

「まさか私もこの企画始めて元気よく税金の悩みを相談されるとは思ってなかったんですよ」

：税務署か税理士のとこ行け

：配信でやるテーマじゃないｗｗｗ

：これはシュワちゃん悪くない

「まぁそんなこったろうと思ってシュワッチ用の悩みも持ってきたから安心するのだ！」

「お、流石晴先輩！　それじゃあなんでも相談しちゃってください！」

「うむ！　実はシュワッチ、今もそうだったけど、私って基本的にライバーのことニックネームで呼ぶじゃん？」

「そうですね」

「四期生の山谷還ちゃんのことってなんて呼んでるか知ってる？」

「あー、確かぴょこすけでしたよね？」

「そうそう！　よく覚えてるね！　流石私のこと大好きなシュワッチだ！」

「結婚します？」

「悩み相談してたらいきなりスト○○に求婚されたはもう事件なんよ」

「一瞬でも油断したら籍入れるから覚悟しとけよ。私の気分次第でここは結婚相談所にもなるからな」

「結婚相談所は職員が結婚相手になるわけではないんだよ。全く、これはがっつり酔っ払ってんなぁ、もう無視して続き言うよ！　シュワッチの言う通り今まではぴょこすけって言ってたわけなんだけど、これを変えようかなーって思ってんだよね」

「それはどうしてですか？」

「リスナーさんにぴょこすけって誰ですかって聞かれて、還ちゃん＝両生類の蛙＝ぴょこすけだよって説明するくだりがこの前三十回目を突破したから、流石に自分のネーミングミスを認めて分かりやすいものに変えようかと……」

「草、むしろよくそこまで耐えましたね……」
「そこでだ！　今日はよいニックネームを考える為にシュワッチの力を借りたくて来たわけだよ！」
：めっちゃ覚えある
：一回の枠の中で三回説明したときは笑った
：まぁ正直分かりづらいよなぁ……
：元の名前から離れ過ぎたんやな
：ハレルンが敗北を認めた女
：自爆なんだよなぁ
「抱えている悩みは把握しました。でも私でいいんですか？」
「勿論(もちろん)！　だってシュワッチ還ちゃんのママなんでしょ？　保護者に聞くのが一番なのさ！」
「……なんか最近ママって言われても否定しなくていいやってなってきてる自分が怖いですね……でも多分保護者ではないです」
「いいじゃんいいじゃん！　それじゃあ早速、どんなニックネームがいいと思う？」
「そうですねぇ……普通に赤ちゃんじゃだめなんですか？」

「だってあの子赤ちゃんじゃないし」

「ストーーップ‼　それを言っちゃったらおしまいですから！」

「でもあの子多分私より年上だよ？」

「そんな晴先輩も制服着てコスプレしてるでしょ、それと一緒です！」

「こ、コスプレちゃうわい！」

「違うんですか？」

「これはあれだよ、一生留年してるだけだよ！」

「下手したら赤ちゃんよりたち悪いですよそれ」

：子のアイデンティティを守るママの鑑（かがみ）

：いよいよ淡雪ちゃんにもママの自覚が芽生えてきたか

：実際のところ還ちゃんって何歳なんだろうか？

：前に配信で28って口滑らせてた気がするぞ

：なるほど、生後336ヵ月くらいってことか

「冗談はさておいてだな！　赤ちゃんだとシンプル過ぎてちょっとなぁ」

「うーん……でも還ちゃんだと分からないと変える意味ないですよ？」

「ブロ〇ケンJr.とかどうよ？」

「赤ちゃんがどうして超人になった？　Jr.付いてるからって適当に選んだでしょ。あの子は超人じゃなくて超変人なんですからしっかり考えてください！」

「それとなくシュワッチも酷いな……」

「そうだ、バブミとかどうですか？　名前っぽくないです？」

「あー……いやでもあの子はバブミがあるわけじゃなくて求めてる側だからなぁ……」

「じゃあもう還の頭文字とってかーちゃんでいいよ」

「かーちゃんはお前の方だろ！」

：やり取りがこの世の倫理観とは思えなくて草

：シュワちゃんまで投げやりにならないで笑

：頭文字Bとかでよくね？

：それ絶対BBAのBだろ

：要素が赤ちゃんとアラサーと就職拒否な子に良いニックネームなどない　¥5000

うーん……なにかいい案ないかなぁ……。

「あっ」

「お、どうしたシュワッチ？　もしやいいのを思いついたのか⁉」

「いや、そこまでじゃないんですけど……確か昔コメント欄にすっごくピッタリな名前が流れたのを見た気がするんですよね……」

「本当か⁉　よしっ、なんとか思い出してくれ！」

んー……なんだったかなぁ……。

少しずつ思い当たる記憶の欠片を探し集めていく。

「結構シンプルな名前なんですよね」

「いいね、そういうのを探してたからピッタリだ！」

「あと……確か還よりは赤ちゃんの方から連想される名前だったような……はっ！」

「おっ⁉　思い出したか⁉」

「はい！　『赤さん』だったはず！　どうですか！　赤さんってピッタリじゃありません⁉」

「赤さん――ッ！」

晴先輩もそれだ！　と言いたげな反応だ。

うん、あの赤ちゃんを名乗るアラサーの姿、社会をなめた言動、考えれば考えるほどしっくりくる。

：赤さんwww

：どっかで聞いたことあるな

：赤ちゃんじゃなくて赤さんと呼べ！

「すごいよシュワッチ！　もうあの子が山谷還じゃなくて赤さんとしか思えなくなってきたよ！」

「ですよねですよね！　それじゃあもう決定ってことで、流れで今還ちゃん呼んじゃいますね」

「……セイセイの時も思ったけど、これじゃあお悩み相談というより仲介人だね」

「はっはっは！　そんなの全体チャットで『お悩み相談します！』って言ったら全ライバーから爆笑されたときから諦めてるわボケ！　だから捻くれてスト○○飲んで勢いでゴリ押ししてんだよ！　お悩み相談？　はっ、むしろこの場を修羅場にしてやるぜ！」

「まさに外道！」

　さて、赤さんノルマをクリアしたところで早速還ちゃんに通話をかけましてー。

……お、繋がった。

「ママ？　突然どうし」

「今日からお前は、赤さんだ！」

「よろしくな赤さん！」

　通話を切る。

「いやぁこれで悩み解決ですね！　ごくっごくっ、プハァ！　一仕事終えた後の酒はうまいぜぇ‼」

「すごいなこの子、過去と今の言動が全く繋がってない。カブトボ〇グを見てるみたいだよ。修羅場どうした」

「親子喧嘩良くない」

「いい子か！」

：草

：今日からお前は、富士山だ！

：あのアニメも主人公外道だからな

：お米食べろ！

：お前、身も心もお米になっちまったのかよ⁉

：会話するな

：松岡違いなんだよなぁ

　よし、これで晴先輩の悩みは解決ってことで……あれ？

「還ちゃんから折り返しの通話だ」

「まじ？　どしたんだろな赤さん」

「とりあえず出てみますね」

ポチっと。

「もしもし？　どした還ちゃん？」

「よっ！　赤さん！　さっきぶり！」

「どうしたもこうしたもないですよ⁉　え、なに？　なんて言いました？　赤さん？　というかなんで晴先輩までいるんです⁉　意味不明過ぎてそっちの方がまさに外道ですよ！」

「なぁ赤さん。なんでシュワッチはスト〇〇と出会っちまったのかな？」

「あっ、そうそう、今お悩み相談企画やってるんだけど、還ちゃんなんか悩みない？」

「たった今悩みができましたよ。先輩が会話できないです」

ふぅ。還ちゃんイジリもこれくらいにして、そろそろちゃんとここまでの経緯を説明する。

やっぱり晴先輩はノリがいいうえに欲しいときにはツッコミまで入れてくれるから、一緒にいると楽しくなっちゃうんだよな。流石の一期生だ。

今まであたふたしていた還ちゃんも、経緯を説明したら納得してくれた。

「というわけなんだけど、どうかな還ちゃん？」

「どうかなどうかなー？」

「そうなら最初からそう言ってくださいよ。まぁ大先輩とママが考えてくれたニックネームですからね、まさに外道でも許してあげます」

こうして、還ちゃんの新しいニックネームは赤さんになったのだった。

だが――通話から還ちゃんが抜け、お別れの挨拶に入り晴先輩も抜ける――そんな時だった。

何の前触れもなく流れた一つのコメント――私は別れの挨拶も忘れ、そこに全意識が吸い込まれてしまった。

：バブりたい還＝バブリエル

「バブリエル……」

「ッ⁉」

そしてそれが最後、私の脳内の全てはバブリエルで汚染され、無意識に口から呟（つぶや）きとして零（こぼ）れだす。

「バブリエル……？」

「はい晴先輩……バブリエルです」

電波の先で私の呟きを聞いた晴先輩にもそれは伝染したようで、同じくその名を口に出し続ける。

バブリエル……バブリエル……バブリエル……。

「「バブリエル!!」」

そして2人の声が重なった時、私は再び還ちゃんに通話をかけた。

「はいもしもし？　またまたどうし」

「今日からお前は、バブリエルだ！」

「よろしくなバブリエル！」

「……通常攻撃が精神攻撃で二回攻撃のお母さんでも還は好きですよ」

：バブリエルは大草原

：堕天したガブリエルかな？

：この2人が揃うと空気中のライブオン濃度ヤベーな

：そのネーミングセンスを分けて欲しい

：コメント欄ナイス

こうして、還ちゃんの新しいニックネームはバブリエルになったのだった。

「よっしゃ！ それじゃあ3人目の悩めるライバーに登場していただきましょう！ これが最後だどー！ それじゃあどうぞ！」

「うふふっ、いくら皆のお姉さんとはいえ悩みの一つはあるもの。いえ、むしろ悩むからこそ大人なのかもしれないわね。柳瀬ちゃみよ」

はい！ というわけで最後にお悩み相談に来てくれたのはライブオンの陰キャ代表、ちゃみちゃんだー！

「ちゃみちゃん！ 今日は来てくれてありがとね！」

「いえいえ、同期のシュワちゃんの企画と聞いたら気になってしまうもの。それに、丁度良く本当に悩みもあったしね。……ふふっ、ねーシュワちゃーん？」

「おぉ？ う、うんそうだね？」

なんだろう？ ちゃみちゃんの様子がなんだか変な気がするぞ？

普段から外見と正反対の柔らかい印象の子だけど、いつにも増してふわふわしているような。

「ふふふっ、シューワちゃーん！」

「は、はいシュワちゃんですが？」

「シュワちゃん！」

「……あっ、これあれか！　もしかしてシュワちゃんって呼べるのが嬉しくて連呼してるのか！」

「えへへ、バレちゃった！」

そっか、確かにシュワ状態でこうしてコラボするのは1周年と1ヵ月記念配信以来だもんな。

それにしてもこのニヤニヤしているのが手に取るように分かるデレデレ具合、王道にかわいくて癒し枠って感じだなぁ。

世界のVファンよ見てくれ！　これがライブオン最後の希望だ！

「ふへへ、シュワちゃん……デュフ、デュフフへへへへへ」

「…………」

こっちを見るんじゃねえええええええぇぇぇ‼‼

：ちゃまっこちゃまっこ！

：ちゃみちゃんは確かに悩みに溢れてそうだな……

：シュワちゃんがゲシュタルト崩壊するかと思った

……字面が死ぬほど強そうだな……笑い方がキモ過ぎる……

忘れそうになるというか忘れていたくなるけど、最近この子も日に日に変態度高めてるからな……。

ちゃみちゃんのかわいさを守るため、もう強引にでも企画の方に進めてしまおう。

「えーそれじゃあね！　なにを悩んでるのか言っちゃいなよべいべー！」

「へ？　あっ、そうよね！　お悩み相談だものね！　それじゃあシュワちゃん、私の悩みを聞いてください」

「どんとこい！」

「悩みはね……エーライちゃんのことなの」

「なんでやねーん！」

「え⁉　なにが⁉」

ちゃみちゃんのキュートさを守るため企画に入ったのに自分から沼に落ちてどうする⁉　エーライちゃんが関わったらちゃみちゃん絶対ろくな事しないんだから！

まぁそこがちゃみちゃんらしいと言えばそうなんだけど……まぁここまで言ってしまったものは仕方がない。悩みの続きを聞こう。

「気にしないで……それで、エーライちゃんとなにがあったの？」
「そう？　じゃあ、えっとね、知ってると思うけど、私エーライちゃんともっと仲良しになりたいのね。それで、どうすれば距離を縮められるかなって思って今日は来たの」
「あー、正直企画への協力の連絡を貰ったときからそうだろうなぁって思ってました」
：一時の恋ではなかったか
：悩みを聞いた限りだとかわいい悩みなのに、前のオフコラボを見た後だと途端にキモく思えてきたな
：かわいいとキモイのコメが入り交じる不思議なライバーちゃみちゃん
：きもかわだからな
：それちょっと意味違くない？
：ビジュアルはライブオンでトップとも言われるから……
「でも、仲良くって言っても方向性がありますよね？　ちゃみちゃんはエーライちゃんの恋人になりたいんですか？」
「いや、そんな恐れ多いことは言わないわ。私はエーライちゃんのペットか愛人が理想ね」
「エーライちゃんにケツドラムで紅叩いてる動画とか送ればいけるど」

「ありがとうシュワちゃん、今すぐやるわ」

「嘘だよ」

「なんで嘘ついたの⁉」

「同期が後輩のペットか愛人になろうとしてたら止めるのが普通でしょうが！」

まさか本当に実行しようとするとは……恋は盲目だ。

「お願いシュワちゃん！　私本気なの！　それにこの企画はお悩み相談なんでしょ？　それならしっかり役割を果たすべきだわ！」

「うぐぅこんな時に正論を……分かりました。じゃあ日頃どんなアプローチをしているのか教えてみ？」

「一日百通くらいチャットを送ってるわ」

「百通⁉」

「ええ。でも最初の方はよく返事をくれたのだけど、最近は一日に五回くらいしかくれないの」

「いやそれが普通だから！　むしろ今でもよくそんなに返してくれるなエーライちゃん……」

：草

：この時点で好感度上げ全部失敗してるの笑う

：普段は人見知りなのに、どうしてこんなに距離感がバグっているんだちゃみちゃん(泣)

：こんなところまでポンコツなのか……

：百の中の一通くらい俺に届かねーかな

「シュワちゃん、私なにか間違えているかしら」

「全て間違えてるんだよ。まずそのチャット連打をやめようか。多分これからなにをしてもそれを続ける限り好感度上がらないから」

「ぅぅぅ……そうだったのね、情けないわ……じゃあ私はどうするべきなのかしら……」

「そうだなぁ……私もエーライちゃんに関して詳しいわけじゃないからなぁ……」

「じゃあ今までの流れでエーライちゃんをここに呼んで、それで好みを聞いちゃうってのはどうかしら！」

「え、それでいいの？」

「ええ！　私にはもうこれしかないと思うわ！　はぁ！　はぁ！　はぁ！」

「これさてはエーライちゃんと話したいだけだな？　まぁちゃみちゃんがいいって言うなら呼んでみるかー」

「あー来ちゃううぅ！　愛しの組長が来ちゃううううぅぅぅ‼」

「と思ったけど、なんか今配信中で忙しいっぽいんで代わりに暇そうだったネコマ先輩呼びました」

「にゃにゃーん！　急な呼び出しにも駆けつけるネコマだぞー！」

「――――ぇ？」

「ネコマ先輩、どもども」

「シュワちゃんどもだぞー！」

「え、えええぇぇ⁉　ちょ、ちょっとシュワちゃん！」

突然呼ばれても全く動じていないネコマ先輩とは対照的に、ちゃみちゃんは驚きの声をあげた後、見るからにワタワタとし始めた。

：余りにも前触れのないネコマー登場

：暇そうだったからで先輩連れてくるなｗｗｗ

：これぱっかしはちゃみちゃんの反応が正しい

：なんで平然と挨拶してるんだこの人たち

：あれ、俺ネコマ登場の伏線見逃したかな……

：俺はこの企画が始まったこと自体が伏線だと気が付いたぜ！

:クソ企画扱いで草、一応ここまで解決はしてるから……

「どうしたのちゃみちゃん？　ほら、ネコマ先輩に挨拶しないと」

「そ、それはそうなんだけど！　わ、私ネコマ先輩と大型コラボとか以外ではほぼ面識ないのよ！」

「ちゃみちゃんもどもだぞー！」

「あっはひ！　えっと、その、どうもです……」

「あれだよな、企画を見るになんか悩みがあるんだよな？」

「ぁ……ぇと……悩み……ぁの……」

あー確かにこの2人が一緒に居るのってあまり見ないかも。ここまで人見知り全開のちゃみちゃんは久しぶりに見たかもしれない。

だが、実は私も全くの考え無しでネコマ先輩を呼んだわけではなかった。

「ちゃみちゃん、緊張するのは分かるけどここは頑張りどころだよ！」

「ぇ？　頑張りどころ？」

「だってちゃみちゃんはエーライちゃんともっと仲良くなりたいのが悩みだったわけでしょ？　その点で見ればエーライちゃんと仲のいいネコマ先輩はちゃみちゃんの目指すべき姿とも言えるんじゃないかな？」

「はっ！　た、確かにそうね！」

そう、ネコマ先輩とエーライちゃんは獣っ娘と動物好きという関係性から繋がりが生まれ、今ではよく一緒にコラボしている姿が見られる程仲がいいのだ。

同期の面々と比べるのは流石に厳しいかもしれないが、それを抜かすと現在ネコマ先輩はエーライちゃんと最も仲がいいライバーだと思われる。

しかもワルクラ内でちゃみちゃんの最終目標でもあるペットになっていたこともあったはずだ。

「だからさ、ネコマ先輩を知ることこそがこの悩みの解決に繋がるんじゃないかと私は考えたわけよ！　それにちゃみちゃんの人見知り克服にも繋がって一石二鳥！」

「すごいわシュワちゃん！　天才！　素敵！」

「ちょろい……」

「ん？　なにか言ったかしら？」

「いやなにも」

嘘をついてはいないとはいえ、一切疑いを持たないちゃみちゃんがそれはそれで心配になったが、これ以上先輩を待たせるわけにはいかないか。

「えーっと、ネコマ先輩、話の流れって伝わっていますか？」

「おう！　なんとなくだけど、とりあえずちゃみちゃんと話してみればいいんだろ？」

「そうですね。突然呼んでしまい恐縮ですが、ちゃみちゃんの為、少しだけ付き合っていただけると……」

「にゃにゃ！　任せるがいいぞ！　クソゲー好きだから理不尽な展開も大好物だ！」

「助かります……よしっ、それじゃあちゃみちゃん、頑張れ！」

「ええ！」

：ただのちゃ虐ではなかったか
：ネコマー優しい
：猫に逆に面倒見られるちゃみちゃん
：解釈一致だw
いい返事をしてくれたちゃみちゃん、その一手目は——

「えっと……ご、ご趣味は？」

「なんかお見合いみたいになったぞ？　シュワちゃん、これ続けていいのか？」

「お願いします！」

「そうか……えっと、クソゲーとクソ映画を嗜んでるぞ」

「あ、そうですか……わ、私は声フェチです……」

「そうかぁ……」

「ううう……」

「が、頑張れちゃみちゃん！　ここから話を広げていくんだ！」

「シュワちゃん……はっ！　そうだ！　あとボイスＳＥＸイリュージョニストもやってます！」

「ばかあああぁぁ――!?!?」

なんでよりによってそれを言った!?

「ご、ごめんなさい。頭真っ白の時にシュワちゃんのエールを聞いていたらそれが浮かんできちゃって……」

「確かにその悲惨な単語が初めて出てきたきっかけ私だったけども！」

「にゃあにゃあ(まぁまぁ)シュワちゃん、この程度なら聖(せい)で慣れてるからネコマはなんとも思わないぞ！」

「本当にありがとうございますネコマ先輩……なでなで」

「にゃあ～♪」

：大草原
：お互いがお見合いを断りたい設定のコントかな？

：ちゃみちゃんに至ってはリスナー全員と結婚してるから既婚者だしな
：籍が緩いんじゃぁ
：ちゃみちゃんがいつにもましてちゃまちゃましてるなぁ
「にゃ、そうだネコマはあれもできるぞ、最近あんまやらないけどモノマネ得意だ！」

「あっ、そうでしたね！　……あれ？　じゃあ声フェチのちゃみちゃんと相性いいのでは？」

「――――」

私がそう言った瞬間――ちゃみちゃんの雰囲気が――変わった。

「そうかモノマネ……それを使えばもしかして……ネコマ先輩！」

「にゃ？　どしたちゃみちゃん？」

少しの間なにかぼそぼそと呟いた後、一転して今までとは別人のようなはっきり通る声でネコマ先輩の名前を呼んだちゃみちゃん。

「あの！　モノマネで他のライバーを演じて私に愛の告白をしてください！」

それは有無を言わさぬ圧すら感じる勢いであり、だからこそ同時に私は頭を抱えてしまう。

やばい……話を広げるサポートをしようとしたはずが、私はまたちゃみちゃんの地雷を踏んでしまったかもしれない……。

「お願いしますネコマ先輩！　そうすれば私はきっとものすごく気持ちよくなれると思うんです！」

「ちゃみちゃん一回落ち着こ？　それもう私利私欲に走りすぎてネコマ先輩を知るとか関係なくなってるから……」

「にゃ！　それくらいなら全然いいぞ！　久々に自慢のモノマネを披露できるからな！」

「この先輩優しすぎる！　二期生の真のママ枠はネコマ先輩だった！　後で猫缶あげます！」

「叙○苑の焼肉弁当を所望するぞ」

「その耳と尻尾は飾りですか……？」

：ちゃみちゃんに声ネタを振ったらダメー！

：ちゃみちゃんのリミッター解除するのシュワちゃんうますぎんか？

：ライブオンの爆弾処理班だからな

：解除どころか全部大爆発させてるんだよなぁ

：爆弾魔じゃねーか

「そ、それじゃあ！　まずはましろちゃんとかいけますか⁉」

「にゃ！　やってみるぞ！　あー、あー、えっと、こんな感じかな？」

「ッ⁉　す、すごい！」

これはすごい……知ってはいたが改めてこれは名人芸の領域だな。私ですらなにも知らなかったらましろんと疑わないかもしれない。

「ふふっ、ちゃみちゃん？　僕ちゃみちゃんのこと大好きだよ？」

「あっ！　あああっ！　しゅき！　私もしゅきいいいあああぁぁぁ‼」

「こんなもんかー？　次は誰やる？」

「はぁ、はぁ、そ、それじゃあ淡雪ちゃんをお願いします」

「へ？　私はここにいるど？」

「シュワちゃんはそのまま！　ネコマ先輩は清楚な淡雪ちゃんを演じて欲しいんです！」

ええぇ……。

「了解したぞ！　こほんっ！　ちゃみちゃん！　大好きですよ！　……ほらシュワちゃん早く！」

「あっ、えっと、ちゃ、ちゃみちゃんのことが大好きー！」

「んほ～！　性格が違う双子系催眠音声みたいで耳が孕んじゃう～‼」

……ノリに押されてやったけど、なんで私まで巻き込まれてるんだ？

：ｃｗれｗはｗきｗもｗいｗ

：あれ？　これなんの企画だっけ？

：ちゃみちゃんが孕む配信だぞ

：同接１００億間違いなし

：宇宙人も見に来てて草

「すごい、本当にすごいわ！　ネコマ先輩の喉には声の八百万の神様が宿っているわよシユワちゃん！」

「はいはい、もう満足しましたか……？　それじゃあ本題にもど」

「いや待って！　最後！　最後にエーライちゃんバージョンだけ頂戴！　後生だからお願い！」

「にゃにゃ！　そう来ると思ってたぞ！　んん！　ちゃみ先輩！　エーライはちゃみ先輩のことが大好きなのですよ～！」

「ヒギイイィイ！　こ、これはやばいわ！　合法組長をキメるの背徳感がすごすぎて脳内がドゥルドゥルになっちゃううううぅ‼」

「生々しいオノマトペ使うな！　あと今の言い方だと普段の組長が違法みたいになっちゃ

うだろうが！　むしろこっちの方が非合法でしょ！」

「ちゃみ先輩、園長最近オットセイさんにハマっているので、オットセイさんのモノマネ見てみたいのですよ～」

「うん分かった！　見ててねエーライちゃん！　ヴォ！　ヴォゥ！　パチパチパチ！　ヴォ！　ヴォゥ！　パチパチパチ！」

「シュワちゃんこの子めっちゃ面白いぞ‼」

「ネコマ先輩も後輩で遊ばないの‼」

くっ！　やはりちゃみちゃんは普段は比較的常識人枠な分、ライブオンしたときの爆発力が桁違いだ！　この私がツッコミにしか回れない！　ライブオンの我○善逸かこいつは⁉

：俺たちはなにを見せられているんだ

：なんでお悩み相談に来た人がオットセイのモノマネしてるの？

：動物園のオットセイの方がまだ常識ありそう

「ふぅ、ありがとうございますネコマ先輩、おかげさまで最高に気持ちよくなれました」

「いやいや、ネコマもこんなにモノマネを喜んでもらえて嬉しかったぞ！　これからもよろしくな！」

「は、はい！　こちらこそよろしくお願いします！」

そしてなんでこの流れでこの2人には友情が芽生えているんだ？

「シュワちゃんもありがとう！」

「う、うん……」

「それじゃあね！」

「えっ⁉　ちょ、ちゃみちゃん⁉」

感謝を述べた流れでそのまま配信からいなくなってしまったちゃみちゃん。

え？　あの～……。

「ネコマ先輩。これ一応ちゃみちゃんのお悩み相談をやってたはずなんですけど……この終わり方でよかったんでしょうか？」

「にゃー……ほら、エーライちゃんと仲良くなるためにネコマを知る為のきっかけにはなったんじゃないか？」

「あはは－……」

ちゃみちゃんの愛がエーライちゃんに届くまで、まだ道のりは遠そうだ……。

ライブオン一般常識テスト

さてさて、今宵も登場心音淡雪です！　今日はなんとライブオン全員参加の大型コラボの日！

……なのだが。

「あーあー、皆聞こえるかな？　……大丈夫そうだね、ありがとう。よしっ。こんましろー。今回司会進行を担当する、ましろんこと彩ましろです」

私は1人自宅のPCの前、表示されているのもましろんただ1人。

そう、今回の企画は少し形態が特殊なのだ。

「それでは、ライブオン一般常識テストの方、始めて行くよー」

ましろんのテストというにはいささか不適当にも思える、少しダウナーな声色で企画が発表される。

一般常識テスト――この企画が決まった経緯はこうだ。

企画の発端はライブオンの運営さんから提案されたものだった。

世の中の一般常識をテストする……それは、『最近のライブオン本格的に失楽園状態じゃね？　どうして空は蒼いのかどころじゃないよ、どうして常識は存在するのかから学ばないとまずいって！』……という運営さんからのありがたい社会復帰企画という流れで決まった――

わけもなく、ただ単に運営が『君たちが一般常識テストとかやったらめちゃんこ面白いんじゃね？』というノリできまった。流石は運営、ライバーのことをよくわかっている、今度皆で襲撃して備品のお菓子を食い尽くしてやろう。どうしてライブオンはアホなのか。まぁ経緯はさておき、企画内容自体にライバーから否定的意見は出なかったため、今この瞬間を迎えているわけだ。

「いつもはこういった大型コラボの進行はシオン先輩がやるんだけどね。ことこの企画に関してはシオン先輩ってもう常識残ってるか怪しいよねという意見もあり、一番ましそうな僕に役割が回ってきました。……ましろんだけに」

は？　おいましろん、こっちサイドに来い。

：これまた珍妙な企画を……

：ライブオンライバーにとっては東大入試より難しそう

：シオンママ、おいたわしや……

：は？

ライブオン
一般常識×テスト

●LIVE

：ん？　ごめんなんて？
：まし？　ん？　もう一回言ってほしいぞ
「う、うるさいな！　僕だって大型企画での司会進行なんて初めてだから緊張してるんだよ！　今のも運営から届いた進行用の台本に『ここで軽妙なボケを披露しスパチャ1億を達成する』って書いてあるんだから仕方ないだろ！　というかこの台本書いた人V見たことある？　台本に軽妙なボケは書かなくていいんだよ」
運営よ……。
：運営の人達も一緒にテスト受けてどうぞ
：雑なバラエティ番組みたいな台本貰ってんな
：運営からの扱いも完全に芸人で草
：無理難題過ぎるwww
：**かわいかったから　¥10000**
：1億の女ましろん
：162円の女淡雪
「もういいや、ルールの説明行くよ。まず一般常識の範囲に収まっている問題を僕が一問出題します。他のライバーは全員この枠を見ているから、その問題の答えを制限時間三十秒で僕にチャットで送ります。そんなことする人いないとは思うけど、勿論ググるのとかは禁止だよ。コメント欄が見えるのも少しまずいかもだからライバーさんは配信画面を見ずに僕の音声だけ聞いててね。そんで最後に僕が解説と共に答えを発表、この流れを繰り返す感じだね。ライバーの皆もリスナーさんの皆も、ましろん先生と一般常識をお勉強しましょー」

ましろん先生……ぷっ、くふふ……。

：なるほど

：割と普通のルールだ

：はい！　ましろん先生！

：ましろん先生www

：随分かわいい名前の先生だな笑

「いやこれも台本にそう言えって書いてあるんだって！　疑うんなら台本見せてやろうか！」

……なんだろう、段々台本書いた人が超有能に思えてきたな。ましろんだからこそかわいさが引き立つ……。

「こほん、まだルール説明の続きがあるから話戻すよ。勿論これだけじゃライブオンらしくないからね。おバカな解答をした人は容赦なくこの場に通話で呼んで晒し上げるから覚悟しといてね。ちなみに無解答はなにがあっても禁止だから」

：ゆるふわかと思ったら鬼畜教師だった!?

：それを待ってた

：全問全員晒し上げられそう

：草

：大喜利大会になりそう

「だってまだなんも問題出してないのに解答用チャットで、『ましろん先生』とか『ましろだけに』とか送ってきてる人たち居るんだよ？　もうそうでもしなきゃ進行役なんてやってられないよね」

ごめんましろん、その内の1人私だね。

でも今回の私は一味違うぞ！　テストの日にスト○○なんか飲むわけないからな、脳が冴え渡っているのだ！

ただでさえ最近スト○○飲んでなくても微炭酸とか炭酸抜きスト○○とか言われている私だからな、実際の問題が始まってからは清楚枠らしく聡明なインテリジェンスってやつを見せてやるのだ！

「うん、皆もルールを理解できたかな？　ライバーの皆も準備ＯＫだったら僕にチャット送って。……大丈夫そうだね、まぁルールは聞き流してくれても一問目の流れを見ればすぐに理解できると思うから、早速始めて行こうか。ちなみに最優秀者には運営から素敵なプレゼントがあるらしいよ」

よっしゃあ！　ライブオン一般常識テスト、スタートだ！

「問題。国家権力を三つに分け、相互牽制を図ることで近代民主政治を確保しようとする原理を三権分立といいます。では、その分けられた国家権力三つとはなんでしょう？　全て答えよ」

……あー、はいはい。なるほどね。確かに一般常識って感じの問題だね。うんうん。

でもさ……これ一問目!?　え、なんか予想してたよりガチ目な問題がきて困惑しているというか悩んでいるというか普通に分からないというか！

あれだよね、三権分立って言葉は勿論聞いたことあるよ、権力が一点に集中するのを防ぐためーみたいな感じで習った覚えある！

えっと……なんか裁判所が絡んでいたような……あれ？　法律だったっけ？　……そう！　司法だ！　司法は入ってたはず！

「はい残り十秒だよー。そろそろ答え書かないと間に合わないよー。まだ答えてない人は急いでねー」

は⁉　もう⁉　三十秒短すぎない？

えっと、司法と、あと二つ……ああもう出てこない！

無解答は禁止だからなんか送らないと……もうこれでいいや！

「はいタイムアップ、ライバーさんも次の問題までは配信画面見ていいよ。うんうん、くっぷふふ……うんうん、ライバーの皆から解答届いてるね、それはそれは多種多様な解答がね、くひひひっ……」

よし、発声練習をしておこう。

：多種多様じゃだめなんだよなぁ www

：ましろんもう笑っちゃってるじゃん

：三権分立かぁ、学生時代を思い出すなぁ

「それじゃあまず答え合わせからいくね。三権分立は国家権力を立法・行政・司法の三つに分けたものだから、これらを全て書いた人が正解だよ。日本だと国会が立法権、内閣が行政権、裁判所が司法権って分けられてるね。まぁ勿論？　皆は？　日本国民として知らないわけないよね？」

スゥ――……。

「まぁそんな風に煽ってみたけど、結局のところ知らなかったら覚えればいいんだよ。だから頑張って考えたうえで間違えてる人に関しては僕はなにも言わないよ。ちゃんと覚えて帰ってくれればそれでいい。た！　だ！　常識がライブオンに捻じ曲げられているとんでも解答した人はさっきも言った通り容赦なく晒し上げるから。ね？　あわちゃん、光ちゃん、還ちゃん？」

耳に響くは呼び出しを告げる非情な電子音。

私は泣きたくなる気分と共に応答のボタンを押した。

「やっほー！　淡雪ちゃんと還ちゃん！　仲間だね！」

「お仲間ですね、ママ、光先輩」

「こんな恥ずかしい仲間意識は嫌ですー!!」

３人が呼び出された。これから私たちの解答が容赦なく晒し上げられるのだ……。

「よし揃ったね。ここからがお楽しみだ。まずはそうだな、あわちゃんの答えからいこうかな」

「え、ちょっとまっ!?」

私の制止の声も聞かず、画面には私がチャットに送った解答のスクショが貼られてしまった。

そこに書いてあったのは──

【国・家・権・あまり力】

：あまりは草
：その発想力は褒めてあげたいwww
：そうじゃないんだよなぁwww
：大草原不可避
：wwwwww

うぎゃあああああぁぁ──恥ずかしいいいいいいぃぃ‼‼

「あわちゃん……これどういうこと？」

「聞かなくても分かるでしょ……」

「うん、僕もどうしてこの解答になったかの想像は付くんだけど、本人の口から聞きたくて」

「このドS！　……国家権力を三つに分けるって言うからこうなったんですよ！　文句あります⁉」

「なるほど。それじゃあこのあまりは？」

「だって一個余ったんだから仕方ないでしょうが‼　大体制限時間三十秒って短さは焦りからのヘンな答えを期待してのことだろ！」

「なんで逆ギレ気味なの？　というか、一つも分からなかった？」

「いや、司法は分かりました」

「合ってるじゃん。なんでそれ書かないの？」

「だって一つしか分からなくて……それなら三つ出てくるこっちの方がまだ正解に近いような気がしたんですよ」

「……四つでてるけど？　スト○○飲んでる？」

「素面じゃい！」

後続も控えているので、私の公開処刑タイムはこれにて終了になった。

そして次に画面に出たのは光ちゃんの解答――

【魏！　蜀！　呉！】

「光ちゃん……これは？」

「光最近ね！　三国志にハマってるの！」

「うん、そっか」

「桃園の誓いね。でも解答の漢字合ってて偉いね」

「えへへへ～」

「え？　なんかましろん光ちゃんにだけ優しくないですか⁉　贔屓(ひいき)反対！」

「もうどうしていいのか分からないだけだよ」

「あっ……」

　そして最後は還ちゃんの解答。

【巨人・大鵬(たいほう)・卵焼き】

「還ちゃん、解答が古い」

「赤ちゃんがこんなもん分かるわけないですよ常識的に考えて」

「じゃあ答えももっと赤ちゃんに寄せなよ」

「三つで一セットな答えがこれしか出なかったんですよ」

：三つ関連ならなんでもいいと思うなよ
：確かに三国志は権力が三つに分かれていたともいえるけど……
：還ちゃんはもうそれ戦後なんよ
：むしろよく知ってたな
：**開き直るなwww　￥610**

「ちなみに、晴先輩、シオン先輩、エーライちゃんなどが正解しているね、よくできました。それじゃあ次の問題いくよ、ライバーの皆は準備して」

呼び出しは終わり、再び出題へと戻る。

先行きが不安になるスタートを切ってしまった……なんとか取り返さねば！

「問題。フランス生まれの哲学者、デカルトが自著『方法序説』の中で提唱した有名な命題『○思う、故に我在り』、この伏せられている○を答えよ。穴埋め問題ってやつだね、皆分かるかな？」

あっ、これは私分かるかも！

昔厨二病を発症していた時に哲学とか少しかじったからね！　……おぅ、痛い思い出が蘇るぜ……。昔は封印された右手が痛んでいたのに今痛むのは心なんだなぁ。

まぁそんな過去からは目を逸らして、答えはこれだ！

「哲学が一般常識かと聞かれれば微妙かもしれないけど、まぁこれは有名だし、問題にバリエーションを出したいから許してね。はい残り十秒！」

：→ニキデカルトの問題か、うん、非常にデカルチャーなチョイスだな

：聞いたことあるやつ！

：デカルト知らないだろ

「はいタイムアップ！　うんうん、全員解答来てるね。それじゃあ答え合わせだ。正解は『我』だね。つまり穴を埋めると『我思う、故に我在り』となるわけだ」

やった！　ちゃんと合ってたよ皆！　古傷が役に立ったね！

「ちょっと解説を。この命題を聞いたことはあっても、意味までちゃんと理解できているかな？　これってかみ砕いて説明すると『自分は本当に存在しているのか？』という疑いに対するアンサーみたいなものなんだよね。世の中の全てのものの存在を疑ったとしても、それを疑っている自分自身の存在は否定できない。だから『我思う、故に我在り』となるわけだ」

：ほへー

：なるほど分からん
：これ和訳版の意味が分かりにくいんよな……覚えやすいのはいいけど
：なんかよくわからんけどすごいのはわかる
：正直そんな人が大半よ
　ふふん！　私はちゃんと意味も理解してたからね！　あの頃って必要以上に気になった物事を深掘りして調べたりするよね。
　あれ？　もしかしてその時間を勉強に費やせば、さっきの問題も解けてたのかな……？
　……まぁあれだ、意味まで理解しないとって部分あるから、フィフティーフィフティーと無理やり思おう。
「さて、解説も終わったところで！　リスナーさんもお待ちかねの晒し上げの方いっちゃいますか！　今回もね、期待を裏切らない珍解答をしてくれた人がいるんですよ！」
：明らかにテンション上がってて草
：ましろんが楽しそうでなにより
「今回の問題で来てもらうのは、相馬有素ちゃん、苑風エーライちゃんの2人だよ！」
　おっ、前問とは違う2人が来たな、四期生から2人が仲良く登場だ。
　配信から2人の悲鳴じみた声が聞こえてくる。

「やっちまった……完全にやっちまったのですよー‼」

「これでどの期生より早く四期生が勢揃いでありますな……」

「2人共いらっしゃい。なんかあれだね、意外な2人が来たね。有素ちゃんはまだしもエーライちゃんが変な解答するイメージ僕なかったな」

「実は私、海外の問題とかは全般的に苦手なのですよ～」

「あ～、確かに組長って和風なイメージあるよね」

「私の癒し系の容姿でヤーサンの組長イジリをされている違和感をいい加減感じて欲しいのですよ～」

「まだしもってなにでありますか！」

：せっかくだしさっきのバブリアスも呼ぼう、きっと間違ってる

：バブリエルな、それはバブみ幼稚園に居るやつ

：おいなんで俺のフカ〇ルちゃんのニックネームバブリアスって分かった?

：知らねーよかわいいな

：還ちゃんは赤ちゃんだけどあれが最終進化だぞ

〈山谷還〉：ガラガラで体バラバラにしますよ?

：どうやって!?

：ガラガラの中身がまた増えたな

：俺の知ってるガラガラと違う

「有素ちゃん、否定する前に自分の答え思い出してみてよ、有素ちゃんこれ書いたんだよ？」

【スト○○思う、故に淡雪殿在り】

ブフッ⁉

画面に表示された解答スクショを見て思わず噴き出してしまった。

あーりーすーちゃーん‼

「まずさ、穴埋め問題って僕言ったよね？　穴空いてない部分まで変えたらそれはもう間違いなんだよ。穴空きの文字数も合ってないし。あと、そもそもこれどういう意味？」

「スト○○のおいしさをいくら疑っても、それが大好きな淡雪殿の存在は否定できないわけであります」

「自分でなに言ってるのか理解してる？」

「分からないのであります」

「この問題の答えも？」

「分からなかったのであります」

「正直でよろしい」

：絶対どこかで淡雪ちゃんの名前出してくると思ってた

：三権分立の時に出さなかったから偉い

：あわちゃんが国家権力の一端を担うのは草

：個人がその地位を担っている時点でほぼ独裁なんだよなぁ

：有素ちゃんらしいことしてんなぁ

「次はエーライちゃんだけど……これ僕純粋に気になるんだけど、どうしてこうなったの？」

表示された画面には【物】と書かれていた。

それはつまり『物思う、故に我在り』となるわけだが……。

「あの、本音を言ってしまうと答えが分からなかったという前提があるのですよ～。そこで、せめて園長なので動物思う、故に我在りと書きたかったのですが、最後の最後で一文字しか空いていないことに気が付き、時間もないので物だけになった、ということなのですよ……」

「え、じゃあこの『物』って『もの』じゃなくて『ぶつ』って読むの?」

「そうなのですよ~。それがなにか?」

「いやいや、それじゃあ『ぶつ』をカタカナにしたら『ブツ思う、故に我在り』になっちゃうよ? 読み取り方次第ではなんかすっごくやばいブツの中毒になってるみたいになっちゃうじゃん」

「あ……」

「エーライ殿、ブツってなにでありますか?」

「あ、有素ちゃんにはまだ早いのですよ~」

:ヤバ草

:ヤバイ草を生やすな

:ピーポーピーポー

:まだ早いというか多分相応(ふさわ)しい人間がいないというか

〈柳瀬(やながせ)ちゃみ〉:エーライちゃん! 私の中では正解だよ!

:正解だとだめなんだよ……

組長からは逃げられないエーライちゃんなのだった。

「問題。著名な音楽家、ヴォルフガング・アマデウス・モーツァルトが作曲した生涯最後の作品と言えばなに？（正確にはモーツァルトの死により未完となり、弟子によって補筆完成された作品）」

……うっわぁ分っかんねぇ‼

え、クラシックの問題なんて管轄外だよ……。

モーツァルトってどんな曲あるっけ？　クラシックの曲って聴いたことはあっても作曲者と曲名までは知らないことが多くない？　趣味な人からしたら超簡単な問題なんだろうけど、私出てこないよ……。

「モーツァルトを代表する一曲で、誰しもが聴いたことあるあの曲だね。幼いころから神童として名高かったモーツァルトが亡くなったのは三十五歳の時、様々な病気に苦しめられた人生と言われているね」

：毒殺説とかあったと思うけどどうなんだろうか？

：連鎖球菌咽頭炎からの合併症って研究結果も見たことあるぞ

：謎多きところもロマンがある

……あっ、一曲モーツァルトの曲思い出した！　……けどこの曲では絶対にないな。忘れよう。

えっと、えーっと……。

「はい残り十秒、解答急いでねー」

あーもう分かんない！　確かクラシックなら『別れの曲』とかあったよね！　なんか曲名も最後っぽいしもうそれでいいや！

「はいタイムアップ！　それじゃあ答え合わせにいこうか。正解は『レクイエム ニ短調 K. 626』だね。ここではレクイエムだけでも正解にするよ」

……知ってたし。忘れてただけで言われれば知ってたし。レクイエムとかメロディも口ずさめるし。

ていうか今考えると『別れの曲』ってショパンじゃん！　私でも記憶を探れば分かるじゃん！

時間制限があると冷静な思考が働かないものだなぁ……。

「レクイエムっていうのは死者の為のミサ曲のことで、同名の曲が沢山あるから、この曲はモーツァルトが作曲したレクイエムってことだね。レクイエムはラテン語で『安息を』

という意味があるみたいで、日本では『鎮魂曲』と訳されていたこともあるらしいけど今では不適切な訳として使われていないみたい。wiki 様様だね」

自分でそれを言うのか……まぁ出題者が分かってなかったらそれはそれで問題か。

「さて、この問題で配信に来てもらうのは……宇月聖先輩、昼寝ネコマ先輩来てください」

あっ、私間違えてるのに呼ばれないってことは、シンプルに頑張ったけど間違えたんだねって解釈されたってことか。

え……やばい、なんかこれすっごく恥ずかしいんだけど⁉ せめて配信で晒し上げて笑い飛ばしてくれた方がまだライブオンらしくオチを付けることができてありがたいくらいなんだけど⁉ この行き場のない羞恥心はどうすればいいの⁉

これじゃあ私、ただ間違えただけのおバカじゃん！

「あーあー、聞こえるかい？」

「はい聖様、バッチリ聞こえますよ」

「ましろ君とこうして話すのは少し久しいね。最近どうだい？ 今でもフットネイルフェチなのかな？」

「最近だと足の指をチョコに浸すシチュにハマってます」

「えっろ」

「にゃにゃーん！　ネコマも来たぞー！」

「ネコマ先輩もいらっしゃい、これで揃いましたね」

：さりげなくとんでもない性癖暴露するな

：ましろんのバレンタインイラストが決まった瞬間である

：これが挨拶代わりな２人コワイ

「それにしても二期生のみから２人が仲良く登場ですね。恥ずかしくないんですか？」

「ましろ君、もっと蔑んだ感じの表情で頼む」

「ネコマは問題に間違えたことより、こんな聖と同期なことの方がよっぽど恥ずかしいぞ」

「はいはい、でも実は２人の仲良しポイントはそこだけじゃないんですよ。なんと、お二人は問題の解答まで完全に一致していたんです」

え、まじか？　正解の解答が被るのは当然だけど、ここに呼ばれたってことは間違えてるってことだから、それで被るのってかなり珍しいことではないだろうか。

「その解答がこちら」

【俺の尻をなめろ】

――――――――

：草

：ごめん、正直分かってた

：確かにモーツァルト作曲の曲だけどもwww

：この曲本当にタイトル有名だよな笑

：でも肝心の曲の方は聴いたことある人かなり少ないというね

：そんな曲あるのか、知らなかった……

「お二方とも問題文読みました？　これモーツァルトの遺作を問うてる問題なんですよ。最後に残すのがこの曲なわけないでしょ」

「でもモーツァルトの代表曲と言えばこれだし」

「聖の言う通りだぞ」

「モーツァルトをなんだと思っているんですか？」

――言えない。

「でも聖様この曲しかモーツァルト知らないし。なぁネコマ君？」

「もうこれ正解だぞ」

「間違ってるからここに呼ばれてんだよバカ先輩共」

「あっ、ましろ君知ってるかい？　この曲名からも分かる通りモーツァルトって実は下ネタ大好きで、従姉妹に下ネタ満載の手紙送ったことがあるんだよ」

「聖は博識だなぁ」

「なんでモーツァルトに関してこの曲しか知らないのにそんな豆知識は知っているんですか？」

――私が唯一思い当たったモーツァルト作曲の曲もこれだったなんて、口が裂けても言えない‼

：もうこれ正解だぞは草

：まさかモーツァルトも未来でここまでネタにされるとは思ってなかっただろう

：淡雪ちゃんが違う解答したのが意外だった

：確かに、シュワじゃないからか？

ああ！　でもコメ欄で言われている通り間違えるくらいなら晒されて笑われた方がよかったかもしれない！

聖様とネコマ先輩が羨ましい！　私も俺の尻をなめろって答えればよかっ……よ……よ

か……。

いやいやっぱそれはないわ。この答えを書く清楚だけはないわ。うん。

「問題。『賽は投げられた』や『来た、見た、勝った』などの引用句でも知られる共和制ローマ末期の政務官、ガイウス・ユリウス・カエサルが暗殺による今際の時、自身を裏切ったと知った腹心に叫んだとされる名言はなに？」

おぅ、今度は世界史か……流石の私でもカエサルって名前には聞き覚えがあるぞ。

問題内に出てきた引用句もヒントになるはず、名前だけじゃなくこの二つの言葉も名言として聞き覚えがある。つまり答えは私でも知っている可能性が高い。

うん、考えれば出る気がするぞ！　頭を回せ！

：出たなモテハゲ野郎

：借金まみれも忘れるな

：歴史的偉人やぞ www

：業績もあるけどなにより名前がかっこよすぎるんだよなぁ

：シェイクスピアのジュリアスシーザーとかでも有名な人やな

問題文を思い出せ。シチュエーションは腹心に裏切られたとき、そして自身の死の寸前。この状況と一致している私でも知っている名言。

――ッ！　よし来た！　ピッタリのやつがバシーンと！　これはこの答えでしょ！　正解の確信があると言ってもいい！

「残り十秒だよー、解答急いでー。…………はいタイムアップ。フフッ、それじゃあ答え合わせの方……ブフフフ……」

あっ、このましろんを見るにまた珍解答あったんだな。

普通だとそう簡単に珍解答なんか出ないと思うんだけど……まぁライブオンだし出ないことの方が不思議か。

「こほん、失礼。それじゃあ答え合わせの方にいくよ。正解は『ブルータス、お前もか』だね」

よっしゃ正解！　ほらね！　やっぱり合ってた！　ドヤドヤ！

「シンプルながら一度聞くと頭から離れない名言だね。ブルータスというのは人物名で、この人こそカエサルの腹心の１人であり裏切ったマルクス・ユニウス・ブルトゥスのことだよ。ブルトゥスの部分を英語読みするとブルータスになるわけだ」

：これまたよく聞くやつ

：一般常識言うだけあって出題範囲は広くても有名なやつしか出ないのは良心的だ
：裏切られたときに言いたいセリフランキング不動の1位
：分かる
：そもそも裏切られたくないんだが……

「今回は……うん、柳瀬（やながせ）ちゃみちゃんと祭屋光（まつりやひかり）ちゃん、そして相馬有素（そうまありす）ちゃんにも来てもらおうかな」

三期生しっかりして……いや私も人のこと言えないか、一問目からやらかしたし。

「はい、3人共おめでとう。めでたく公開処刑に選ばれたよ」

「もう二回目なのであります……」

「そんなぁ……あれぇ？　この答えじゃなかったかしら？　自信あったのに……」

「ましろちゃん！　光全問題で晒し上げて欲しい！　バカにしまくってほしい！　正解でもここに呼び出して笑いものにしてほしいよ！」

「とうとうこの場に来ることを楽しみ始めるライバーが出てきたな……仮にもテストだし最優秀者にはプレゼントもあるんだから、僕はルールを守って優遇も冷遇もしないよ、ちゃんと挑みなさい。分かった有素ちゃん？」

「え？　なんでこの流れで名指しされたのでありますか？」

「こんな答え書くからだよ」

【淡雪殿万歳‼】

勝手に人のこと万歳すんな、下ろせ。

「釈明をどうぞ」

「こんな暗記問題、あらかじめ答えを知ってないとどうしようもないのであります」

「開き直るな。というかこの名言聞いたことなかったの？」

「答えを言われてみれば、覚えがあったのであります」

「じゃあなんで今開き直ったの？　素直に反省しなさい！」

「これでもレジスタンスの一員なので！」

「変なとこだけ公式設定守るな……というか完全にネタに走ってるよねこの答え、カエサルって紀元前の人だよ？　あわちゃんがその時居るわけないじゃん」

「なにを言っているのでありますか？　まさかカエサルが心から忠誠を誓っていたとされるココロネ・スト〇〇・アワユキ殿をご存じないのでありますか⁉」

「自分に都合よく歴史を捻じ曲げるな」

：光ちゃんとちゃみちゃん後ろで爆笑してて草
：有素ちゃんほんとすこ
：あわちゃんがスト○○に惹かれるのは前世の自分の一部を求めてるからってバレちゃったね
：ヤベーやつの中でも特にヤベーやつ

「……さて、次はちゃみちゃんなんだけど……この答えは本気でこれが正解だと思ったの？　分からないからネタに走ったとかじゃなくて？」

「え？　ええ勿論。これ以外ないと思ったのだけれど……あれ～？」

「……それじゃあちゃみちゃんの答え、オープン」


【パトラッシュ、僕はもう疲れたよ】


それ違くね？

「ましろちゃん、これじゃなかったかしら？」

「うん違う。というかもう全部違うよね」

「ええ？　これカエサルの名言とかでもないの？」

「カの字すら掠ってないよこれ、本当にどんな勘違いしたらこれが出てくるのって領域」

「あっ、これ『フランダースの犬』のやつだ！」

「………………あぁぁ!?!?」

光ちゃんに言われてやっと盛大過ぎる勘違いに気が付いたのか、ちゃみちゃんは驚きの声をあげた後、声にならない悲鳴を上げて恥ずかしがり始める。

：そんな勘違いある？

：疲れてるのはちゃみちゃんの方なのでは？

：まぁ最期の言葉ってことは共通してるか……

：カエサル「ブルータス、僕はもう疲れたよ」

：ブルータス「はよ死ね」

「そして最後に光ちゃん、笑ったりツッコミを入れているところ悪いけど、君の答えも相当だよ。ほらこれ見て」

【ブルートゥース、お前もか！】

「なんかBluetoothに近かった人の名前呼んでたなってところまでは光も分かってたんだ

よ！　惜しいね！」

「Bluetooth になにか恨みでもあるのかと僕思ったよ」

光ちゃん、惜し、おｓ、お、おぉぉぉ……いやだめだ、私はこれを惜しいと認めたくない。

さて、これで３人とも終わったから次の問題に——そう私も配信に出ているライバーも思ったのだが……ここで光ちゃんの解答を見たコメント欄は異様なざわつきを見せ始め、場は意外な展開に発展することとなった。

：これ正解じゃね？

：さっきブルトゥスって言ってたぞ

：そうか英語読みしなければいいのか

：和訳による表記ブレみたいなものと思えばワンちゃん正解ある？

：え、でも伸ばしてるしなぁ

そう、あくまで裏切った人物の名は確かにブルータスだが、それは英語読みの為(ため)、元の名前はブルトゥスである。

つまり『ブルトゥス、お前もか』も正解になり、その流れで光ちゃんの解答も正解なのではないかと主張する意見が出てきたのだ。

「え……一理ないとは言わないけど流石にそれは……」

「でもましろちゃん！　リスナーさんたちの中にはセーフって言ってる人もいるよ！」

ましろんは悩んだ末、判断をライブオン公式に委ねることにした。

そしてライブオン、ライブオン公式の見解は――『ＯＵＴ』であった。

「ライブオン、お前もか！」

綺麗に問題にオチを付けてくれた光ちゃんなのだった。


「問題。七福神の内の一柱である大黒天様は大きな袋を持っています、その中身にはなにが入っているか答えよ」

あーはいはい！　七福神様ね！　はいはいはい。こんなのね、もうね、よゆーですよ！

「七福神様の問題だね。日本では一般的におめでたい存在という認識が強くて、言葉自体はほとんどの人が知っているだろうけど、神様全員の名前は知っているかな？　恵比寿、大黒天、毘沙門天、弁才天、福禄寿、寿老人、布袋の七柱で構成されているから、せっかくだし覚えていこうね」

うんうん、そんなのもう当然よ！　もう知りすぎて寝ている間もずっと神様の名前順番に口ずさんでるくらいだからね私！

「さて、この七福神様だけど、実は日本だけじゃなくてインドや中国の神様が由来になっている神様もいるんだよね。たとえば大黒天様、毘沙門天様、弁才天様はそれぞれインドのヒンドゥー教からマハーカーラー神、クベーラ神、サラスヴァティー神が由来になっているみたい」

：ましろん先生物知りーー！　頭の中ウィキペディア！

：絶妙にバカにしてそう

：マハーカーラーってシヴァ神のことじゃなかったっけ？　ほのぼのとした顔してるけど意外と苛烈なメンバーもいるんだな……　￥777

：まぁあれだ、由来があるってだけだから……

：ヒンドゥー教の神々は中々刺激的なエピソードが多いからな。そこがまた魅力なんだが

：あーはいはい、福神漬の話ね。カレーには必須だよね

：そうだね！　おいしい！

：優しい世界

はいそれ知ってるー！　知ってますー！　この私が七福神様で知らないことなんて何一つないから！　実は私七福神ガチ勢なんだよね！　七福神様全員の同担拒否厄介オタク女

だから私！

「さて、解説してるうちに残り十秒になったよー。解答まだの人は急いでね。…………はいタイムアップ。それじゃあ答え合わせを。正解は『七宝』だね」

フゥー！　やったぜ！

「宝とは言ってもこれは物質的な物じゃなくて、人間にとって大事な七つの精神的な宝物と一般的には解釈されているよ」

キャー！　流石大黒天様かっこいい！　私もその袋の中に入れてー‼

「というわけで恒例の晒し上げにいくわけなんだけど……めっちゃ間違えてる人いるじゃん、確かにこの問題は少し難しかったかな。んーどうしよっかな、とりあえずシオン先輩には来てもらおうかな」

ふっ、皆この程度も分からないとか、私は悲しいよ……。

「あとあわちゃん、分かってんだろさっさと来い」

こんな問題分かるわけねーだろ。

「はい、2人共来てくれたね」

「シオン先輩。七福神だと誰推しですか？」

「へ？　お、推し？　突然どうしたの淡雪ちゃん？　えっと、強いてあげるなら好きなのは恵比寿様かなー」

「私七福神全員の同担拒否女なんで敵ですね。覚悟してください。恵比寿様は私のものです」

「敵が多いのか少ないのかよく分からない推し活してるね……というか問題間違えたからここにいるんじゃないの？　推しのこと間違えたらだめでしょ！」

「この問題が出題された瞬間に推しになったので仕方ないんです」

「淡雪ちゃん、もしかして酔ってる？」

「酔ってます」

「はいあわちゃん嘘つかない。問題間違えたのを酔ってるって言って誤魔化そうとしてもそうはいかないよ。シオン先輩も真面目に取り合わなくていいんです」

「え？　あ、えっと、ごめんなさい……でも、ましろんなんで私が酔ってないって分かったんですか？　一問目からこの問題までの間に飲んでた可能性もありますよね？」

「僕くらいになると声色とかで分かるんだよ」

「あっ、なるほど」

そっか……ましろんそこまで分かっちゃうんだ……///

「はい、というわけであわちゃんの答えがこちら」

【スト〇〇一年分】


「はい、次はシオン先輩の解答です」

「待ってましろん！　せめて触れて！　呼んだのならせめてイジってよ‼」

「だって予想ついてたし」

「違うの！　これは『あの袋の中身は１５５００本のスト〇〇が詰まっているのさ』ってボケて、『それ一年分の本数じゃなくない？』って突っ込まれるまで計算に入れた解答なの！」

「解答時間をなんで一発ネタを考える時間にしちゃったの？」

「欠片(かけら)も分かんなかったらそりゃあボケるでしょうが！」

「芸人意識の鑑(かがみ)」

：てぇてぇ
：まぁ袋の中って色んな解釈あるからそれでもいいんじゃね？

：ノルマ達成
ましろんに上げて落とされたところで、次はシオン先輩の解答――

【皆の願い事】


「ねぇましろちゃん、これって間違いなの？　私こう教わったことあるんだけどな」

ほぇ～、夢があっていい答えだなぁ。

「一説にはそうとも言われているらしいのですね。でも嫌な予感がしたので、唐突ながらチャンスターイム」

「え？　チャンスタイム？」

「今からシオン先輩に質問をします。それの返答内容次第で正解か不正解か決めます」

「随分強引な……でも分かったよ！」

「では質問です。大黒天様の袋に入れる、シオン先輩の願い事ってなんですか？」

「え？　袋いっぱいの赤ちゃん」

「はいバツ」

「なんでー!?」

最悪の答えじゃねーか。

：ヒェ!?

：これはましろちゃんが正しい
：クトゥルフの神じゃねーんだから
：それだと大黒天様が誘拐犯みたいに見えちゃうでしょうが！
：赤ちゃんはみ～んなしまっちゃおうね～
：とんでもない冒瀆(ぼうとく)じゃん……

「ほら、コメント欄にダメな理由がズラズラと流れてますよ」

「うー……わ、私と大黒天様との子供かもしれないじゃん！」

「こらこら、神様を燃やそうとしない。そもそも、シオン先輩は巫女(みこ)さんなんだからこの類の問題はしっかり答えられるようにしないとだめですよ」

「ううう――……はい、その通りです。勉強しておきます……」

正解を書いたのにバツになる。ライブオンとはそういう場所である。


「問題。日本において8月11日は祝日です。それはなんの日だから？」

よっと、今のうちに今のうちにー……。

「多くの人がありがたく思う祝日に関する問題だね。そりゃ分かるだろって思う人もいるだろうけど、僕達はサラリーマンではなくライバー、祝日や曜日感覚などあってないようなもの。そんな活動を続ける中でもちゃんと世間の価値観を覚えているかを問いたい狙いがあるわけだよ」

――よっしゃ準備完了！　えっと、どんな問題だったっけ？　祝日？

「まぁ少しだけヒントをあげるとするなら、問題文をよく考えればいくらか候補は絞れるかもねー。皆分かる？」

やばい早く解答しないと！　時間無い急げ急げ！

：いえす！

：これは分かった

：行ってらっしゃい朝枠を祝日にやっちまうのがライバーだからこれは難問

：草

：あーなるほど、確かにそれはヒントだ

……オーケー間に合った！　ふぅ、ただでさえ制限時間短いからな、危ない危ない。

「はいタイムアップ。それじゃ答え合わせね、答えは『山の日』だね。祝日法二条では、山に親しむ機会を得て、山の恩恵に感謝することを趣旨としているそうだよ。ちなみにさっきヒントって言ったのは、年によって日付が変わっちゃう祝日はこの問題文では出せないからそれ以外に絞れるってことだね」
うんうん、温まってきた！
「それでは解答をチェックと、これは正解していてほしいけど……うっわぁなんだこれ
……えーあわちゃん！　もっかいこっちに来なさい！」
えへ～、呼ばれちった！
「ねぇあわちゃん」

【ましろんと結婚式配信した日♥】


「この答えなに？」

「ねぇましろん、この問題欠陥があるよ。どの年か分からなくて今年の答え書いたけど去年だったら【ましろんからの告白記念日♥】だったからねこれ」

「よくそんな答え書いて僕にいちゃもん付けられるね、欠陥なんてないから。もう、これであわちゃん二回連続で呼ばれてるよ？　せめて勘頼みでもいいから他の祝日書こうよ、勤労感謝の日とかあるでしょ」

「勤労感謝？　はっ！　だってライバー云々以前に、社畜時代には勤労を感謝された日な

んてなかったしな！　11月23日も普通に働いてたしな私！」

「ごめんそんな悲痛な返しが来るとは思ってなかった……ってあれ？　もしかしてあわちゃん今酔ってる？」

⁉⁉

「す、すごい！　本当に分かるんだね！　実はさっき急いでスト〇〇持ってきて飲んでたの！　まだ飲み始めたばかりでキマリも浅いのにすごい！」

「言ったでしょ、僕くらいになると声で分かるって」

「流石に冗談かと思ったから……感激しました！　やっぱり私のこと大好きなんだね！　相思相愛！」

「はいはい大好きだよ」

：ましろんすげぇ
：気持ち声が柔らかいくらいしか分からんかったわ
：なんで出題者にクイズ出してんだこの女……

：これでましろんもシュワちゃんも答えたからクイズにライブオン全員参戦ってことだよ！

：な、なるほど⁉　シュワちゃんまさかそこまで考えて……なんて仲間思いなんだ！

：絶対なにも考えてないから安心していいぞ

「……ちなみにシュワちゃん」

「んー？　どしたましろん？」

「今年の8月11日は僕とシュワちゃんの2人で、山の日にちなんで壺婆（つぼばばあ）を並走配信した日だよ」

「へ？」

あ、確かにその時期にそんなことやったような気がする。

……いやいやそうじゃなくて！

「な、なんでそんな前のこと覚えてるの⁉」

「え、だってあわちゃんシュワちゃんとのコラボは割と記憶してるし。全部とまでは言わないけど楽しかったのとかは特に細かく覚えてる。例えばほら、同じ8月なら22日は2人で麻雀（マージャン）勉強配信してたよね」

「え⁉　えええええ⁉」

「あれあれ？　でもシュワちゃんは覚えてなかったみたいだなー、残念だなー」

「ぁ、ちが、えっ、」

「ふふっ、さっき相思相愛とか言ってたけどさ、愛が足りないのはシュワちゃんの方なんじゃないのー？」

「ご、ごめんなさい……」

「分かったら出直してくるんだね」

「はひ……」

顔が熱い……これは酒のせいじゃない……というかアルコール飛んだ……。

：イチャイチャすんな！

：てぇてぇはすこだけどこれ他のライバー全員見てるんやぞｗｗｗ

：バカップルかよ

：ましろんもああ見えて淡雪すこすこだからなぁ

：これじゃあ全員参戦どころか既存キャラ全員リストラなんですが……

：全（デン！）員（デン！）リス（デン！）トラ（デン！）

：某ＰＶ風クソデカ字幕でそれは大炎上待ったなし

ここまでの時点でライブオンライバーの一般常識どころか逸般常識な珍解答が続出したこの企画。これにはニンジ○スレイヤー＝サンですら真っ青である。

　しかしなんとまだ企画は序盤が終了といった進み具合。企画の最終問題が終わるその時まで、ライバー達からは珍解答が続出した。

　以下に記すのはその一部だ。

【問題。電圧×電流＝なに?】【答え・電力】

↓

【解答者・祭屋光(まつりやひかり)】【解答・世界滅亡!】

【問題。ヒトは何本の染色体を持っている?】【答え・46本】

↓

【解答者・山谷還(やまたにかえる)】【解答・私と同じ数】

【問題。マルコ・ポーロがアジア諸国で見聞した内容の口述を本にした旅行記のタイトルはなに?】【答え・東方見聞録】

↓

【解答者・神成(かみなり)シオン】【解答・ち○まる子ちゃん】

【解答者・心音淡雪(こころね)】【解答・世界の果てまでイッテ〇】

【解答者・宇月聖(うつきせい)】【解答・ANAL(Asian Nations All Looked)】

【問題。空海が平安時代初頭に開いた大乗仏教の宗派の日本仏教をなんという？】【答え・真言宗】

↓

【解答者・昼寝(ひるね)ネコマ】【解答・陸に対抗する教】

【問題・フランス王国の軍人ジャンヌ・ダルクが活躍した戦争はなに戦争という？】【答え・百年戦争】

↓

【解答者・宇月聖】【解答・聖女VSオルタエチエチ戦争】

【解答者・柳瀬(やながせ)ちゃみ】【解答・千年戦争】

【解答者・苑風(そのかぜ)エーライ】【解答・聖杯戦争】

【問題・2024年から流通が始まる新一万円札に描かれている人物は誰？】【答え・渋

沢栄一】
←【まさかであり唯一の全員正解。ましろんが見るからに不満げでかわいかった】

などなど、全二十問が出題され、このテストは終わりを迎えた。

現在はライバー全員が配信に参加し、企画は締めへと入っている。

「えーというわけでね、テストはこれで終わりになるわけなんだけど、最後に皆の成績を発表します。まずエーライちゃんとシオン先輩、大変よくできました、ほぼ正解でしたね。次にあわちゃん、ネコマ先輩、ちゃみちゃん、有素ちゃん、普通だね、ライブオンとして恥ずかしくないの？　次に残りのあほ共、先生は君たちが心配です」

え？　なんで私半分くらいは正解したのに謎の煽りくらってるの……？

「そして、最後に最優秀者を発表したいと思うよ。なんと、この中に全問正解を叩き出したライバーが1人います」

ましろんが中々にインパクトのあることを言う。いくら一般常識とは言え、二十問全てを正解できる人となると意外と少ないだろう。

だが、ライバー全員が集まったこの場、そしてコメント欄の様子は『知ってた』とでも言いたげな人で埋め尽くされていた。

うん、だって唯一一度も晒し上げに呼ばれてなかったもんなあの人。後半くらいからこれ全問正解してるからましろん呼びたくても呼べなかったんだなってうすうす察してたよ。

「というわけで最優秀者は——朝霧晴先輩です！　ましろん先生は花丸をあげちゃいます！」

「イェ————イ‼」

明らかに台本にあったと思われるセリフを明らかに作ったテンションで読み上げたましろん。

待ってましたとばかりに今度は私も含めたライバー皆、そしてコメント欄の皆からの拍手や称賛の言葉で場が埋め尽くされる。

いやーそれにしても流石だなぁ。天才な人なのは重々承知してたけどこういうテストでも結果を残しちゃうとは……本当になんでもできる人だ。

「ねぇねぇマーシー！　早く！　早く素敵なプレゼント頂戴！　最優秀者だよ私！」

「ほう、僕の花丸では不満だと？」

「うん！」

「素直な子だな……分かりました、そんな晴先輩には、僕から一つの称号を贈りましょう」

「お、称号？　これはちょっと意外なやつがきたな、でもそういうのもいいかも！　どんなのどんなの？」

「はい。晴先輩には僕から『ライブオン一つまらない人』の称号を与えます」

「え？」

草。

「な、なななななんで!?　私全問正解したじゃん！」

「いやだから問題なんですよ。正直余りにも出番ないからリスナーさんの人の中には締めに入ってやっと『あ、居たんだ』って思った人きっといますよ」

「酷い!?　せっかく私の知能を純粋に披露できる場所が来たと思って張り切ったのに!?」

「というわけで、ライブオン一つまらない人選手権の方、どうだったかな？　そろそろお別れの時間だね」

「企画内容変わってるから!!　いやぁ！　つまらない人だけはいやあああああぁぁぁ――!!!!」

こうして、珍しいようでそうでもない晴先輩の悲鳴と共に企画は終了した。忘れるところだった、この人はなんでもできるけどどこか残念な人だったな。

ちなみに流石に素敵なプレゼントがあの称号は冗談であり、後日晴先輩にはアバターにインテリ風メガネ差分が追加された。

私は実家を出て独り立ちしてから、一度も両親と会話していない。

そう、会社に勤めていた時も、VTuberになったことも。実家に帰省したことすらない。

だって――私に家族はいないのだから。

私が生まれた家に家庭なんてものは存在しなかった。

私は一人っ子であり兄弟は居なかった。そして育った家は……普通とは少し違っていた。

父は元々はとても厳格な人だったらしい。真面目過ぎて融通が利かないと言われる程の頑固な仕事人間だったようだ。

……そう、『だった』のだ。

私が物心つく頃には、父は明らかにそのような人間とは変わっていた。

常に何かにイライラし、そして自分の身を心配している。少しでも自分の思い通りにいかないことがあれば怒鳴り声をあげる。人の話は一切聞こうとしない。そんな歪な頑固さだけが残った人、それが私の知る父親という人間だった。

我が家は貧乏だったが、それも父が仕事で稼いだお金を独占してどこかに流すようになってかららしい。

母はそんな父の相手をすることに疲れてしまったのか、常に私相手に愚痴をこぼしていた。そのくせして離婚などの行動は起こそうとせず、いつも言いたいことだけ言った後、何もかもを諦めたような顔で父の下へ戻っていった。

実のところ、そんな家庭環境に私はなんとも思っていなかった。当時の私はまだ小学校にも入っていない、それが普通のことだと思っていたのだ。

だが——私が自分で物事を考えることができるような年になると、強烈な違和感に襲われた。

どうしてあの子はお父さんと話せているのだろう？　どうしてあの子に話しかけるお母さんはあんなに優しい笑みを浮かべているのだろう？　どうして怒鳴り声に皆怖がるのだろう？　どうしてこの子は家族一緒にご飯を食べているのだろう？　どうして皆が当たり前のように持っているものが私にはないのだろう？

それは考えれば考えるほどにコンプレックスという形で私を縛り付けた。家族というものが羨ましくて羨ましくて、欲しくて欲しくて仕方がなくなった。

それからというもの、大丈夫だったことも大丈夫と思えなくなってしまった。父のことが怖くて怖くて仕方がなくなり、母の愚痴を聞くことも泣きそうになるから徹底的に逃げた。

そんなことを続けていたら――とうとう私たちは同じ建物に住んでいるだけの他人になってしまった。

母とは本当に最低限の事務的な会話しかしなくなり、父とはそれから今日まで一度も会話という会話をしなかった。母と父の仲もより悪化し、家庭からは声が消えた。

たまに聞こえてくる父の怒鳴り声。皮肉なことにそれが私にとって一番家庭を感じる瞬間になっていた。

だが、そんな父と母のことを、私は恨んではいなかった。だって大人になるにつれて、社会を知れば知るほどに気が付くのだ。きっと父はどこかで歯車が合わなくなってしまっただけ。そしてその原因は父じゃない。この社会の非情さと、そして――

「お前があんな奴(やつ)を産むから俺はこうなったんだ！」

この私が生まれたことによる疲労が原因なのだ。

父は母によくそう怒鳴っていた――

それでも、父は私が育つにあたって最低限の費用は負担してくれた。

そのことには当時から感謝しているのだが、同時にそれが辛くもあった。

父は自分の身を守ることをなによりも一番に考えていた。もし虐待などを疑われたら自分の身が危うくなると考えていたようで、致命的な一手は決して採らず、必要な物だけ渡して後は徹底的に私を遠ざけた。

そして——父と母は外ではこの家庭環境が怪しまれないよう、仲が良いように振る舞い、良い母と父であろうとした。

ある日のことだ。学校帰りの私が、偶然家の前で隣に住んでいる少しだけ交流があったおばあさんと会い、軽く挨拶を交わしていた。そんなシーンに更に偶然が重なり、仕事帰りの父が合流した。

私はどうしようかと困ったのだが、父はおばあさんに挨拶をすると、私にはただ一言「家に入りなさい」と告げた。

その時はなぜそう言われたのか分からず従ったのだが、その後遅れて家に入ってきた父から本当に微かに聞こえた「危なかった」という独り言に、すぐにその意図を察することができた。

あのとき父は——私がこの家庭環境をおばあさんにバラすことを警戒して私を遠ざけたのだ。

父は私のことを敵だと見なしていた——

薄々気がついてはいたものの、はっきりと目の当たりにさせられた私は自分の感情をコントロールできないほどのショックを受けた。なので、私は怒りに任せて秘密裏に掴んでいた父の浮気の決定的な証拠を母に叩きつけてやった。お金はこの浮気相手の女に消えていた。

今にして思えば本当に幼稚なことをしているなと自分に呆れる。お前は家族が欲しかったはずなのになぜ自ら壊そうとしているのか？

苦し紛れの言い訳をするなら——きっと私は変化を求めていたんだ。

母は最初とても喜んでくれた。こんなに私のことを褒めてくれたのは初めてのことだった。

だけど……母は結局その証拠を捨ててしまった。

「どうして？」私がそう聞くと、「もうどうにもならないもの」母はただそう答えた。

一時の怒りすら涙に消えてしまった。

それでも、冷静になった私は、やはり父と母を恨むことはできなかった。

そもそもやろうとすればこの家庭事情を外に漏らすことだって簡単にできる。だって誰かに言えばいい、それだけだから。暴力などの致命的な一手は避けていた父だったが、時代と共に変化していった世間はそれすら許さないようになっていた。この点は時代の変化を特に嫌い一切それを受け入れなかった父の誤算だったのだろう。

でもそれを実行しようとは思えなかった。それをすると、きっと私は一生家族を手にすることができなくなってしまうから。

ＳＮＳが普及し、調べれば自分と同じや自分よりもっと酷い状況下で暮らしている人が大勢いるという社会の悲しい現実も知ることができた。私だけじゃない、感情が暴れそうになったときはそう思い込むことでやり過ごした。

そして高校を卒業し、就職先も決まった私。ある程度大人になった頭には今までとは少し違った考えが芽吹いていた。

きっと私が家族を手に入れるにはなにか変化が必要なことは変わらない。でもそれは前の浮気の証拠を叩きつけるような父を責めるものではなく、私自身が変わらなくてはいけないんだ、そう考えるようになっていた。

やはり子供の時の自分の言動というのは、今思い返すと幼稚で仕方がない。生まれた環境ばかり嘆くのではなく、私から動く。そう自分から変えてみよう。

……あるいは、悲劇のヒロイン面があまりにも似合わない自分に悲しくなったのかもしれない。

私は実家を出ることに決めた。これはネガティブな意味ではなくポジティブな考えからだ。

きっと私の存在が母と父にとっては重荷になっていた。

じゃあ私が一度離れて、そして社会で立派な人間になれば両親も少しは考えを変えてくれる。そんな希望を持ってのことだ。

実際、これは効果があった。私が消えたことで両親は精神的に余裕が生まれたようで、ほんの、本当にほんの少しだと思うが険悪さが解消され始めたのだ。

どうやら2人で車に乗り、買い物に行ったこともあったようだった。

――まぁ私がそのことを知ったのは、交通事故によって2人が死んだことを知ったのと同時のことだったが。

あぁ、神様が居るのならどれほど私に試練を与えるのだろうか。

そんな感傷に耽ったりもしたが、それからすぐに私は自分がそんなことを考えるのはおこがましい汚い人間だったかを知ることになる。

死が知らされてからすぐ、2人の葬儀が開かれた。私も出席した。

そして——葬儀が始まってから終わるまで、一切悲しいと思うことができなかった。

涙どころか目は乾くくらい。空気が重たくて姿勢を維持するのも辛いから早く終わらないかな、私はそんなことを思ってしまっていたのだ。唯一残念に思ったのは、もう自分には永遠に家族は手に入らなくなったんだなということだけ。

そしてやっと自分がどのような人間かを察した。

あぁ——

結局私は家族が欲しいなんて言っていたくせに——

それはただの自分の理想の押し付けで——

当の父と母のことを家族だなんて思っていなかったのだ——

私は自分が人間として、大切ななにかが欠落しているように感じた。

コンプレックスはより強烈なものになった。

だからダメだと思っていても今でも思ってしまうのだ。

幸せそうな家族を見たときに、羨ましく……そして妬ましいと。

家族が欲しい。もはや歪(ゆが)んだものとはいえ愛情を感じるのなら痛みすら羨ましく思える。

でも他人だけは嫌だ。嫌だ嫌だ嫌だ嫌だ——

「はっ⁉⁉」

汗だくの状態で目が覚める。呼吸が荒ぶっている。

……どうやら悪い夢を見ていたようだった。

「……雑談配信でミスったことが原因かな」

最近Vとして充実してからは、こんな悪夢を見ることも減っていたのだが、どうやらあの件で過去のトラウマが自分の想像以上に深く掘り返されてしまったようだ。

「ははは、夢にまで出てくるんだもんなぁ」

あまりにも情けなくて自分自身に嘲笑してしまう。

「……うえぇ、昨日はお酒飲んでもないのに吐き気がする……今日は確かライブオンの事務所に行かないとだめなのに……」

起きている間はマナちゃんの卒業配信のこともあって気合いが入っているから大丈夫、むしろ元気なのだが、夢という予想外からの攻撃は私の精神に直撃してしまっていた。

はぁ、いつまでも昔のことを引きずって、私本当にバカだ。バカバカバカバカ！

「――バカって分かっているのになぁ……」

結局その日私は、予定の時間ギリギリまで起き上がることができなかった。

第三章

ガクガクブルブル

　あの悪夢から目覚めた後、本音を言えばこの日は外出は控えたかったが、予定の時間がやってきた為私はライブオンの事務所への道のりを歩いている。

　あともう十分程歩けば到着する。だが、私の足取りは明らかにふらつき、目の前の十メートル先すら遠く感じる程一歩一歩が重くなってしまっていた。

「家を出る前は行けるって思ったんだけどなぁ……はぁ……はぁ……」

　どうやら自分の予想以上にダメージを負っていたみたいだ。家の中ならまだしも、外を歩いていると回復どころかより一層気分が悪くなっていく。

　日光を浴びたり外の風に当たれば改善されるだろうなんて楽観的に考えていたが、とんだ見当違いをかましてしまったようである。

「ほんと、失敗したなぁ……」

本当は今日の予定も、結構な量があるとはいえグッズにサインを書くのみだった。

それなら家に郵送してもらうこともできた仕事だが、私のような仕事だと自分から出ようと思わないと外に出る機会がなく、引きこもりがちになる。この前の雑談配信で健康をより意識するようになったこともあり、この話を聞いた時に自分から事務所に行ってこなすと連絡を入れてしまっていた。

それがこの体たらくである。こうなると察することができていれば、連絡してやっぱり郵送でお願いすることや後日にすることも可能だったかもしれない。

やっぱり頭が回ってなかったんだろうなぁ……ほんとばか……。

「ううう……吐きそう……いつもより遥かに遠く感じるよ……」

小声でそう漏らしながら、閉じようとする瞼を無理やり開き、ただひたすら歩く。

同じ歩行者にぶつかりそうになって避ける動作に体を揺られてきつい……。

どこかで休憩を入れたいが、家でギリギリまで休んでいたため、そうすると遅刻に……。

……いや、流石に限界だ、このままでは路上で吐いてしまう。事務所に謝罪の連絡を入れてどこかで休もう。

そう決めた時だった、きっと気が緩んでしまったのだろう。

「ッ⁉」

地面の僅かな段差に躓き、体が前に倒れこんでしまう。

「――あれ？」

派手なズッコケだ。体を硬い地面に強打する、そう確信した私だったが――体は地面とは対照的に温かく柔らかなものに受け止められていた。

「お姉さん大丈夫？」

「あっ、ご、ごめんなさい！」

「顔真っ青だよ？　気分悪いの？」

「あー、実は吐き気が……」

「そう。あまりにも心配で丁度こっちから声かけようとしてたんだよ。倒れる前に間に合って良かった」

どうやら誰かが支えてくれたようだった。落ち着いた女性の声が上から聞こえてくる。

ということはこの柔らかい感触は……おっぱい⁉

慌てて顔をあげて今一度謝罪しようとしたのだが――受け止めてくれた女性の顔を見て私は頭の中まで真っ青になってしまった。

ド派手な金髪をメインに様々なカラーのメッシュを入れた長いロングの髪。

耳にはそれ痛くないのと心配になりそうな多種多様なピアスが煌めき、顔は過剰ともともとれるメイクで一つ一つの部位を威圧感を感じさせるほど強調している。

そして終いには私より高い身長。拳銃と骸骨が描かれたTシャツに、RPGのキャラで喩えるならHPが半分は減ってそうなほどダメージを受けた黒色に近いジーンズ。

やばい——

「——それと、おひっこが漏れそうです」

「色んなとこから体液でそうなお姉さんだね」

ごりっごりに怖いヤンキーにぶつかってしまった……。

声が震える。きっと私とは違う価値観で生きているタイプの人だ。

「まぁいいや。それならとりあえず少し休もう。このまま歩くのは危ない」

「ろ、路地裏行きですか？」

「なに言ってんの？　そうだな、あそこの喫茶店でいいよね」

「はひ……」

結局私は恐怖からなにも言えないまま、体を支えられて傍の喫茶店に一緒に入店することになってしまった。

「大丈夫？　落ち着いた？」

「は、はい」

「ん」

「ぁ、ありがとう……ございました」

「お礼なんていいよ」

喫茶店の席に助けてくれたヤンキーさんと向かい合って座り、冷たい飲み物で体の調子を整える。

実は入店直後に入ったトイレから逃げだそうかなどとも考えていたが、普通に考えれば体調不良で転びかけたところを助けてくれた恩人だ。それは失礼が過ぎるというもの。

だけど……正直に言わせてください！　やっぱりめっちゃ怖いです‼

恐怖からもう吐き気も吹っ飛んじゃったよ！　冷たい飲み物を飲んでいるはずなのに、もうそれが温かくすら感じる……。

派手なファッションの人なら光ちゃんとかで慣れているが、この人は陽の者とも全く違う、尖りに尖りまくっているタイプだ。

私の人生でこのタイプの人と関わる機会なんて一度もなかったから、私からはどうしたらいいのか分からないし、今静かにコーヒーを飲んでいるこの人から一体どう来るのか分からないのが不安過ぎる。

「ぁ、ぇっと、お金は全部私が払いますね」

「そう？　別にいいのにそんなの」

「ごめんなさい！　それじゃあ足りませんよね！　この財布の中身でご勘弁願えないでしょうか⁉」

「え、なんで？　新手の詐欺？」

「私では返しきれない感謝の念を代わりに諭吉に返済してもらおうかと思いまして」

「変わった言い回しするね。でもお金とか本当にいいから」

「じゃ、じゃあ体で返せってことですか⁉　私処女なのでどうか膜は触るだけで勘弁してください！」

「……」

「まさか舐めるまで⁉」

「うっわぁ思考がムゴイお姉さん拾っちゃったな……箱の中ならともかく現実でもこれとは……呪いにでもかかったのかな」

なぜか小声でなにか言いながら、眉間を押さえるお姉さん。怖い……ガクガクブルブル……。

「あっ！」

「ん？　どうしたの？」

「そ、そういえば私、仕事の用事があってそれに行く途中で……会社に遅れること報告しないと」

「そうだったんだ、早く連絡してあげな」

「す、すみません……」

慌てて席を外し、鈴木さんに電話を入れる。

すると、時間的にはかなり余裕があるらしく、少し遅れるくらいなら全然問題ないと言ってくれたどころか体調の心配をしてくれた鈴木さん。うぅう……今日は色んな人に助けられてばかりだ。

……そう、見た目は怖い人だけど、このヤンキーさんにもすっごく助けられた。

席に戻りながら今までの経緯を改めて思い返す。

……あれ？　なんか私が勝手に見た目からの偏見で怖がってただけで、この人とんでもなく優しい人じゃない？

「あ、えっと、戻りました」

「ん。大丈夫だった？　怒られたりしてない？」

「はい、むしろ心配されてしまって」

「そう」

そっけない言葉に聞こえる時もあるけど、今のも私が怒られてないか心配してくれたってことだよね？

「あの、外になにかあったんですか？」

席に戻る途中、ヤンキーさんはずっと店の窓から外を眺めていた。

段々とこの人に対する怖さよりも好奇心の方が勝り始めてきた為、勇気を出して質問してみる。

「ん。ほら、あそこ歩いてる犬見てた」

「……あぁ」

確かに視線の先にとことこと飼い主の前を歩いている大型犬が居た。

「あれは――……なんの犬種でしょう？　すごく足が長くてスリムだから……あっ！　ボルゾイですかね！」

「いや、あの子はサルーキだよ。毛が短めで体格もボルゾイより少し小さい」

「へ、へー」

よく知ってるなぁ……サルーキって名前がこんなにすぐ出る人って割と少ないのではなかろうか？

「動物、お好きなんですか？」

「ん。好き」

即答するヤンキーさん。意外だ……。

ふふっ、なんか……面白い人だな。

「あ、笑った」

「へ？」

「今笑ったじゃん。今までずっとビクビクして怖がってたから」

「ぁ……」

確かに、今はこのヤンキーさんにもあまり恐怖を感じない。今なら普通に話せるかも。

「すみません、その～……ヤンキー系の方と話すのが人生で初めてで……」

「ん？　ヤンキー？　私が？」

「え？　違うんですか？　ファッションとかを見てそうじゃないかと思ったんですけど……」

「いや、これはメタル系のバンドとかが好きなだけで、ヤンキーというわけではないと自分では思ってるけど」

「え⁉」

そ、そうだったんだ‼

確かに、よくよく見てみると今どきここまでコテコテにド派手なヤンキーって居ないか。

メタルバンドとかの知識が少なすぎて言われないと連想できなかった……。

「まぁ、メタル系が怖いって人はいるかもしれないけど。でも、取って食ったりはしないから安心して」

「そうだったんですね……変に怖がってごめんなさい……」

完全に勘違いしてた……申し訳ないし恥ずかしい……。

「山口飛鳥（やまぐちあすか）」

「へ？」

「私の名前。まだ自己紹介してなかったから。間違えても仕方ない」

これって……フォローしてくれた？

え、なにこの人かっこよくて優しい、結婚したい。

はっ⁉　い、いけないいけない！　ここはライブオンの外なんだから、思ったことをそのまま口に出したら危ない人だ！

とりあえず私も名乗らねば！

「私は田中雪です。改めて、先ほどは助けてくださりありがとうございました」

「ん。別にいい」

その後もお互いのことを軽く話し合った。どうやら私より少し年上な人のようだ。

すごくいい人ということが分かってからは段々と緊張も解けてきた。すると湧き上がるのは更なるこの人への好奇心。私は色々と質問を投げかけてみた。

「えっと、メタルバンドをやっているというわけではないんですか？」

「ん。聴くだけ。今日も好きなバンドのライブがあったから、ちょっと遠出してここまで来た。あとちょい仕事も」

嫌な顔ひとつせずに質問に答えてくれる。淡々としているがきっとこれが飛鳥さんの会話スタイルなのだろう。

「お仕事ってなにをされているのか聞いてもいいですか？」

こんな感じのファッションの人ってどんなお仕事してるのか私気になってたんだよね。

この派手さはスーツとかが義務の職場とかじゃダメって言われちゃうよね。

「あー……んー……それは、なんていうか」

「あっ、言いにくければ全然いいですよ。むしろ初対面でこんなこと聞いちゃってごめんなさい」

困った様子になった飛鳥さんを見て慌ててそう言ったのだが、それも飛鳥さんは否定した。

「言いにくいっていうか説明が難しいっていうか……声の仕事かな？」

「え、声優さんとかですか⁉」

「いやそれもちょっと違って……1人、時には皆で色んな事をしてお客さんを楽しませる仕事というか……」

「へー！　素敵なお仕事ですね！　職場の皆さんも飛鳥さんみたいな感じなんですか？」

「いや、皆頭おかしい」

「え」

「皆バンドで喩（たと）えるなら全員がギターでしかも常にギターソロしかしないようなクレイジーばっかり。しかもめちゃくちゃな弾き方をすればするほど褒められるというね」

「すごい環境の職場なんですね……」

飛鳥さんは聞いてよと言わんばかりに更に職場のことを語り始める。

「その中でもあの先輩だけは特に許せない」

「ど、どんな人なんですか？」

「私に毒を盛りやがった」

「ど、毒⁉」

「勿論本当の毒じゃないよ。でもあの先輩は傍に居る人間に毒を盛る能力を持っているんだ。冷静な思考を破壊し、その人の本性をシャバに解放させるという恐ろしい猛毒を」

「なんて恐ろしい人なんだ……大丈夫だったんですか？」

「当然気づいた時には私もギターを歯でかき鳴らしてた。それからはもうお客さんからも私の印象は変態ギタリストだよ」

「酷い……これが人間のやることですか……」

「しかも、その先輩は自分の毒のことを自覚していないというね。だからこれ見よがしにバラまきまくって、今では職場全員がやられてしまった。比較的ましだった人は私と同じ末路を辿り、もともとやばかった人は更にやばくなった」

「たちが悪すぎる⁉　もう私その人に会ったら絶対顔面ぶん殴ってやりますよ！」

「ほんと、困った人だよね」

「はい！　こんなにいい人な飛鳥さんをいじめるなんて、とんでもない極悪人です！　私許せません！　今すぐ監獄にぶち込んでやるべきです！」

「いや、えっと、悪い人ではないんだよ」

「はい？」

急にその人のことを庇うようなことを言い出した飛鳥さん。

今の話を聞く限り擁護できる点がなに一つない生きるバイオテロな気がするのだが？

「なんていうか、人を惹きつける魅力があるんだよ、あの人。純粋さと素直さを併せ持ってる人で、この先輩に助けられた人も大勢いる。皆から好かれてるし、私も困った人だとは思うけど尊敬してる」

「……それも毒にやられてません？」

「ははは、そうかもね。でも、あの個性的なギタリストたちと先輩後輩同期問わず皆と素を晒し合いながら繋がれちゃうんだよ、あの人。私の職場は個性的な人だらけだけど不思議な一体感もあってね。あの不思議な居心地の良さは、あの人が作りあげたんじゃないかな」

そう語った後、少し照れた様子で「トラブルメーカーだけどね」と飛鳥さんは付け足した。

うーむ……聞けば聞くほど変な人だ。世の中には不思議な人もいるもんだなぁ。

……ライブオンに居てもおかしくなさそうな人だな。

「まぁ私はこんなもんかな。それで、お姉さんは？」

「はい？　私？」

「ん。どんなお仕事してるの？　さっきも会社に行く途中だったんでしょ？」

「あ、あー！　そうですね！　えっと、私は～……」

……VTuberやってますと正直に言うのは当然まずいよな。

でもさっき飛鳥さんが話してくれた以上私だけダンマリは感じ悪いし……。

うん、飛鳥さんもやってたみたいに、いい感じに濁しながら場をしのごう！

えっと、それじゃあVやってるってなんて濁せばいいのかな？　んー……。

「あー……ア、アイドル～みたいな？」

——やばい——完全に盛りすぎちゃった。

「え⁉　雪さんアイドルなの⁉　マジ⁉　こんなこと言うと失礼に当たっちゃうかもしれないけど意外だね。今日も自己主張控えめなファッションしてるし。あっ、お忍びってことか！　わざと地味に見せてバレないようにしてるんだ！」

「あ、あははは！……」

私の言うことを信じて見るからにテンションが上がっている飛鳥さん。

どう考えてもこれは職業詐称マシマシである。もしライブオンがアイドル扱いだったらそれはきっと夢見り○むちゃんが超王道清純派アイドルと言われている世界線だ。YBI（ヤバイ）11だからな私たち。それか高低差200mの坂11。

あーもうどうしよ～⁉　一度言っちゃったから通すしかないか⁉

「なんて名前で活動してるの？　教えてよ！」

「あ、えーっと、顔を隠して活動してて、身バレするとまずいというかー……」

うん。嘘は言ってない。

「あ、そうなんだ？　まぁ最近は顔を隠すアイドルもいるよね、昔のC*ariSみたいな？　世界観で魅せるアイドルってやつかな？」

「は、はい！　そんな感じですね！」

世界観（笑点）。

「ヤバー、知らずに凄い人拾っちゃった。え、グループでやってるの？　有名？」

「そうですね、グループです。有名かどうかは……一部の人には人気かな？」

「というと、地下アイドル的な？」

「ッ！　そうそう！　そんな感じです！」

というか私たちを無理やりアイドルで喩えようとするなら地下より更に深い場所、地層アイドルか地核アイドルだな。

「ファンの人達の前で踊ったり歌ったりしてるんだ！」

「……はい」

嘘は言ってない。踊っているかは微妙だけど歌枠とかあるし、晴先輩はライブ会場でライブしてて私もそれには参加したし。

でも……純粋に信じてくれている飛鳥さんに段々と心が痛くなってきました……。

「他には他には？」

「他？」

「なにも歌って踊るだけがアイドルじゃないでしょ？　他にはどんなことしてるの？」

え……。

「ファンの人達の前……ライブで……お、お酒飲んだり？」

「お酒飲むの⁉　アイドルが⁉　ライブで⁉」

しくじったあああぁぁぁ――――‼‼

なに罪悪感に駆られて真実寄りなこと言ってんの私⁉　な、なんとか誤魔化さないと！

「ももも勿論それだけじゃないですよ⁉　他にもほら、えっと、あっ、コントやったり！」

「アイドルが……コント？」

あかんこれ。セクハラとかゲロとか調教とかが浮かんだ中から、どうにか絞りだしたマシな活動内容でさえ普通のアイドルからすると怪しいみたいだわ。

「あ、ゲームやったり！」

「お、それは今どきのアイドルっぽいね。どんなゲームするの？」

「えーっと……ホラーゲームとか？」

「私ホラゲー嫌い」

「へ？」

そう言うとプイっと横を向いて口を尖らせた飛鳥さん。

めちゃくちゃ意外だ、血を見ることに快感を得てそうな見た目してるのに。

「まぁ私のことはいいや。それにしても顔隠しながらファンの前でお酒飲んだりコントしたりするって……変わったアイドルなんだね」

「あは、あははは、そ、そうかもしれませんね！」

「なんか私が思ってたアイドル活動と違ったけど、今どき多様性あってこそか。お酒好きなアイドルも意外性があっていいよね、お酒関連のお仕事とか貰えるかもだし。コントができるアイドルなんてバラエティの道もあるじゃん。すごいことだよ」

「あ、ありがとうございます……」

やばい、こんだけ変人ムーブかましたのに全肯定してくれるこの人。ガチの聖人じゃん。本当に人は見かけによらないものだな、メタル系マリア様だ。

「なんかあれだね。お互い苦労してそうだね」

「そうですね……あはは……」

なんともすれ違いがありそうな会話になってしまったが、区切りがついたところで飛鳥さんは残っていたコーヒーを一気に飲み干し、席を立ちあがる。

「よしっ、そろそろ行こうか。顔色だいぶ良くなってる」

「あ」

そうだ、もともとは倒れそうになって休憩する為(ため)に喫茶店に入ったんだった。

……飛鳥さん、会話中も体調のことずっと気にしてくれてたのかな。

「大丈夫？　立てる？」

「はい。もう大丈夫だと思います」

そう聞いて「ん」と頷(うなず)いたが、それでも飛鳥さんはさりげなく隣によってきて、もしふらついた時に支えようとしてくれていることが分かる。

素敵な人と出会っちゃったな。なにが悪夢じゃいざまーみろ。お前のおかげでいい出会いを楽しめたよーだ。

「大丈夫そうだね、よかった。それじゃあ行こうか」

「はい。助けてくださり本当にありがとうございました」

「ん」

大して気にした様子もなさそうにそう頷く素敵なかっこいい人と一緒に、私は確かな足取りで店を後にした。

「それでは」

「ん。気を付けて」

店を出た後、今一度飛鳥さんに頭を下げる。

これでお別れなのは少し寂しいが、もう仕事に行かなければ。

「「あれ？」」

そう思い歩き出したのだが、その方向が飛鳥さんと重なってしまった。

「飛鳥さんもこっち方面に用事ですか？」

「ん……私もこの後少し仕事があって」

「そうですか……」

まぁ別段不思議に思う話ではない。離れるのも変なので2人並んで歩き始める。

でも……まずいな。素敵な人と一緒の時間が増えるのは嬉しいが、事務所がもう近い……。

細心の注意を払って身バレを警戒すると、このまま一緒に建物に近寄るのはまずいな。

この人なら万が一知られても秘密にしてもらえるかもしれないが、あまりペラペラと話すのもライブオンのVとしてのポリシーに反する。

……よしっ。

「顔隠す……お酒飲む……コント……アイドルは意味分からないけど今思えば声も……いやいやまさかね」

「あの、私こっちなんで！」

「へ？　あ、ああそっか。うん、じゃあバイバイ」

「はい！」

なぜか小声で独り言を呟いていた飛鳥さんに声を掛け、わざと目的の道から外れる。

勿論行き先を変えるわけではない。少し遠回りして一緒の状況から脱しようという算段だ。

飛鳥さんと別れ、1人歩く。えっと、ここを曲がってその先を曲がれば、そんでもっかい曲がれば事務所に着くな。

ふふふ、完璧な作戦だ。これぞVの鑑。

「よし到着っと。それじゃあお仕事頑張りますか！」

気合いを入れて事務所に入っていく。

そしてライブオンの事務所の受付に着いたのだが――

「あれ？」

「え」

なぜかさっき別れたはずの飛鳥さんが居て、先に受付をしている。

状況を理解できずまぬけな声を出して首を傾げる私と、その声に振り向き私に気づいたっきりピタッと固まってしまった飛鳥さん。

？？？

私たちの間の時間だけが世界から切り離されたように止まる中、飛鳥さんの受付を担当していた職員さんが私に気が付き……。

「あっ！　淡雪さん！　どうもどうも、いらっしゃったんですね！　聞きましたよ、ご体調は……ってあれ？」

そう挨拶してくれた後、飛鳥さんの方に視線を向けてこう言った。

「もしかしてエーライさんと一緒にいらっしゃったんですか？」

それを聞いた私が驚きの表情を飛鳥さんに向けたとき——飛鳥さんはエーライちゃんとして床に頽れていた。

「ゲロ吐きそうな時点で気が付くべきだった……」

「ゲロから私を連想しようとすんな」

そんな彼女を見て、やっと私は事態を全て理解したのだった。

事務所の一室。そこにはニヤニヤした私と、その私にほっぺたをムニムニされている飛鳥さんことエーライちゃんの姿があった。

「ねぇねぇエーライちゃん？　だーれが毒を盛ったのかな？　誰を許せないのかな～？　誰を尊敬しているのかな～？　ねぇねぇねぇねぇ？」

「うわうっざ。早く自分の顔殴ったらどうです？」

話を聞くに、どうやら私とエーライちゃんは全く同じ仕事の用事が似たような時間に入っていたようだった。

だがそこはライブオンたる私たち。普通なら事務所で出会うところを奇跡に等しい偶然の積み重ねでお互いの正体を知らぬまま道端で出会い、そのまますれ違いコントのような会話劇を繰り広げ、締めに事務所でネタ明かしという過程を踏んだわけだ。

正体がエーライちゃんだと分かれば、喫茶店で話していた先輩と言うのは十中八九私のことだ。罪悪感があるのか私がなにをしても睨(にら)んで文句を言うけど抵抗はしないのがおもしろい。

いい……強気な女が悔しそうにしながら屈服してるのっていい……最初は軽い気持ちでやったが癖になりそうだ……。

「そういえば淡雪先輩って自分のことアイドルだと思ってるんすか？」

「それ以上あの件に触れようとしたらこのままキスして一生離れませんよ」

「ドキッとして心臓止まるかと思いました」

「あなたのドキッはどこから？」

「私は恐怖から」

「私はニラマレシチュから」

「あんたのは聞いてない」

それにしても、本当にこの子がエーライちゃんなんだなぁ。

今にして思えば動物やメタル好きな点やホラゲーが嫌いな点など、エーライちゃんだと分かる要素が山ほどあったことに気が付く。

でも、外ではまさか出会うと思わないから気が付かないし、正直今目の前の女性がエーライちゃんだと分かっていても……本当か？　と疑いの念を感じてしまう。

「……エーライちゃん、だいぶイメージ違いますよね。ほら、やっぱり組長ではあっても容姿とか喋り方とかでおっとりした印象あったので」

「まぁ自分でもそう思いますけど……動物好きでおっとりした人になりたかったんですよ。あと組長じゃない」

「なるほど、自分がなりたかった姿にvirtualの世界でなろうと思ったんですね」

「まぁそんなところです。メタルとかも好きだし自分に似合いそうだったんでリアルではそっちにいきましたけど、もう一つの自分が持てるのなら女性らしい人になろうと。子供のころの夢にも毎回『動物園の園長さん』って書いてましたし」

は？　やば、とんでもない萌えキャラじゃん。属性盛りすぎだろ。１人五等分○花嫁じゃん。

えっと、エーライちゃんの中から五つ選ぶなら、動物園の園長・メタル系・天然・イケメン・ホラー苦手かな。

プラスしてヤーサンの組長・ヤッパ・ドス・チェーンソー・ホラー系という人体の五等分が得意そうな花嫁要素もあるというね。

……あれ？

「エーライちゃんってチェーンソー使ったことありましたよね？」

「ねぇよ。なんで質問がある寄りスタートなんすか。てか先輩のせいでエーライに素の私が混ざって今キャラが大変なことになってるんですけど？　反省してください」

「あれはほぼエーライちゃんの自爆な気が……」

なかったらしい。まぁチャカとか入れておけばいいだろう。

「なんか失礼なこと考えてません？」

「なんでですか？」

「今の質問と、顔がアーニャの変顔みたいになったからです」

「褒めんなよ」

「失礼。それじゃ可愛(かわい)すぎましたね。渋井丸拓男(しぶいまるたくお)みたいな顔してました」

「シブタク正直すこだけどあの顔はいやですね……」

うん。でも話すうちにだんだんとエーライちゃんと一致してきた感覚あるぞ。

やっぱりツッコミとか言葉のチョイスとかが一緒なんだろうな。

「あれですね。コンビ組んでるのにちゃみちゃんと全てが逆って感じなんですね。アバター交換したらギャップがピッタリなくなりそうです」

「なに勝手にコンビ組んでることにしてるんですか。というか淡雪先輩ちゃみ先輩と同期ですよね？　彼女止めてあげてくださいよ」

「あれ、もしかしてまだ一日に何通もチャット送られてる？」

「いや、それは止まったんですけど、代わりに毎日のように動物系のコスプレをした自撮りが送られてくるようになったんですよ」

「かわいいじゃないですか」

「かわいいですけど同時になんか虚(むな)しい気持ちになるんですよ。どうしてこんな人にって」

「エーライちゃんがイケメンなのが悪いかと」

「知らないですよそんなの」

実際私も結婚申し込みそうになったからな。ちゃみちゃんの気持ちも分からなくはない。

そうやって話していたら、部屋のドアが開き、サインを書く予定だったグッズを持った社員さんがやってきた。

さて、ここからは仕事の時間だ。

2人でせっせとサインを書きまくったのだった。

そして仕事を終わらせた帰り際、鈴木さんにこんなことを言われた。

「マナさんの卒業配信での出演順番決まりましたよ！」

そう、考えると落ち着かなくなってしまうためあまり意識し過ぎないようにしていたが、もうその日がすぐそこまでやってきていたのだった——。

狂おしい最愛の家族

とうとうこの日がやってきてしまった——今日は星乃マナちゃんの卒業の日である。

もう卒業配信は始まっている。私は出番が来たら通話にて呼んでもらえることになっているので、自宅でその配信を見ながら待機している状態だ。

なのだが……全く集中できない。緊張やら不安やらで頭の回転が完全に滞っている。正直配信の会話内容もあまり届いていない。

卒業が悲しいのは当然なのだが、もうこれからこの配信に自分が出ることを考えると、今までの人生で体験の無いなんとも形容しがたい感情に呑まれてしまう。無理やり近しいものを探して喩えるなら受験の合格発表日の朝だろうか。まぁとにかく落ち着かない。

「うん、そうだよね。懐かしいなぁ、初コラボのときとかお互い距離感分からなくてー」

もう配信は私が出る予定でもある『最後に会いたい人たち』のコーナーに入っている。しかも私の出番は次だ。

今マナちゃんが話しているのもV界の超レジェンドの1人。仲が良かったこともあり思い出を振り返りながら感動的な会話が繰り広げられている。

この企画で登場する人たちをリスナーさんは知らされていない。すなわち完全に予想外な人物として私が登場することになるのは目に見えて分かる。

当然初対面の為、過去を振り返るような話もできない。事前に呼んだ理由や話したい内容を知らされているわけでもない。一体私はどういう立場で登場すればいいのだろうか……。

「うんありがとう！　それじゃあ……バイバイ！」

や、やばい、とうとう今の人の時間が終わりを迎えてしまった！

もう出番きちゃうぞ、私の勘違いで次違う人だったりしないよね？

「それじゃあ次の人に登場してもらっちゃおっかな！　ふふふ～、きっと次の人は皆も想像していなかった人だと思うよ！」

：激エモだった……

：涙腺が……

：おお！

：大物の予感

：サプライズ枠！

あ、これ私だ。出番きちゃった！　落ち着け、落ち着け——……最初は自己紹介をしてほしいとだけは言われているからな、噛まないようにしないと！

——通話のコールが鳴った！

「それじゃあご登場です！　どうぞ！」

「——皆様こんばんは。マナさん、今日はこのような舞台にお誘いいただき、誠にありがとうございます。ライブオン所属の三期生、心音淡雪です」

よ、よっし！　とりあえず挨拶クリア！　はぁ……はぁ……。

：!?

：えええええ!?

：やべーぞライブオンだ!?

：え？　マ!?　本物!?　マジでヤツが来たの!?

：マナちゃん逃げて!!

：なぜ!?　なぜライブオンが!?

：リアルで飲み物噴いた

：予想外過ぎる……卒業阻止にでも来たのかな？

：とうとう淡雪ちゃんが箱外に進出してきたのか!?

：脱走じゃん！　飼い主（運営）はなにしてる!?

：草草草草草草

：コメ欄が興奮というより阿鼻叫喚（あびきょうかん）なの草

：流石（さすが）ライブオン、Ｖ界の終点にして底辺

：て、底辺言ってやるな！　人気はあるから！

：原点にして頂点ＶＳ終点にして底辺

：誇張気味ではあるけどそんな感じだね……エモ展開どこ行ったの……

：アニメ最終話のタイトルみたいだ……

こ、コメント欄が見るからに動揺している。箱の外からはライブオンがどう見られているのかがここまではっきり分かるのは私も初めてだな……。

「はい！　ということでライブオンから淡雪ちゃんに来てもらっちゃいましたー‼

FOOOOO‼　伝説のVTuberの登場だー‼」

「い、いやいや伝説なんてそんな‼　むしろマナちゃ、あっ、ま、マナさんの方が伝説で」

「あー！　今マナちゃんって呼んでくれようとしたよね！　呼んで呼んで！」

「えええ⁉　いいんですか⁉」

「うん！　早く早く！」

「ま、マナちゃん……」

：なんだこの展開……

：マナちゃん、その人は卒業は卒業でも人間卒業した人だよ
：めっちゃマナちゃんテンション高くなってる
：あ、あれ？　マナちゃんノリノリ？

：超展開過ぎる
し、信じられない……私本当にマナちゃんと喋ってる！

しかもなんか、マナちゃん私が登場してから見るからにテンション上がってる気がするのはなぜ⁉　これ卒業配信だよ⁉　さっきまでのエモさはどこに⁉

コメ欄の人と同じく私も更に混乱してきた……。

「あれ？　今日はスト○○は飲んでないの？」

「の、飲んでないれす！　でも今体内で生成されてます！」

「おおぉ！　この意味不明な感じすっごくライブオンだ！　感動しちゃうよー‼　でもそんなに緊張しなくていいんだよ。ほら、呼んだのは私なんだから、気楽にしていいの」

「は、はい……すみません」

今一瞬なにを言っているのか自分でも分からなくなる感覚があったが、マナちゃんの優しい声のおかげで少しマシになってきた。

よし、私だってライブオンを背負ってるくらいの気概でやってるからな。ちゃんと自信持たないと仲間の皆にも失礼だ。

私が落ち着いたのを確認したところで、いよいよマナちゃんは私を呼んだ理由を話し始めた。

「初対面なのにいきなり卒業配信とかになっちゃってごめんね？　ずっと会いたい会いたいって推してたんだけど、運営さんの頭が固くてねー。結局会えたのは我儘聞いてくれたこの最後の配信になっちゃった」

「ずっと会いたかったんですか⁉　私に⁉」

「そそそ！　めっちゃファンなの！　正確にはライブオンの箱推し！　毎日見てる！」

「い、イメージが……」

「ムム！　淡雪ちゃんまで運営さんと同じようなこと言うんだー‼」

信じられない事実が明かされ、私は目が点になってしまう。そんな不満を表されても本当にイメージが無さ過ぎて……。

：wwwwww

：悲報、ホシマナが卒業配信でやらかす

：ファンなだけでやらかし扱いされる箱、それがライブオン

：初見だから知らなかったけどこの淡雪ちゃんって人そんなすごい人なんだ！

：まぁうん。すごい人だよ。色んな意味で

：検索してはいけないVTuber

「えーなんでー？　ライブオン面白いよねー淡雪ちゃん？」

「そ、そうですね、人を選ぶ側面があるかと思いますが」

「マナちゃんだどー！」

「あっ、あっ」

相変わらずハイテンションで私の真似をするマナちゃんにどうしたらいいのか分からず

あたふたとしてしまう。

「……どうして推しになってくれたんですか？」

どうにか絞り出せたのは、私の心からの疑問だった。

「んーっとね、それは私の活動スタイルに理由があったかな。ほら、私って誰かとコラボさせてもらうことは多々あっても、事務所にただ1人のVとしてソロ活動しているでしょ？」

そうか、確かにマナちゃんが所属している事務所は、所属Vを増やすことなくマナちゃんに全振りの方針だったはずだ。

「だから、箱というグループを形成している人たちに憧れがあったんだよ。今の運営さんは本当に手厚くサポートしてくれて不満とかはなかったけど、隣の芝生は青く見えるってやつなのかもしれないね。ああいうのいいなぁって思うんだよ」

「そうだったんですね」

「うん。だからね、今日淡雪ちゃんを呼ばせてもらったのは完全に私の我儘！　最後くらいイメージとか関係なしに推しに会わせてくれーってね！」

どうして私がマナちゃんの卒業配信という場違いな舞台に呼ばれたのか、ずっと謎だった点が徐々に解けていく。

だけど……今の理由だとまだまだ謎は残っている気がするぞ？

「あの、それってライブオンや私じゃなくていいのでは……？　ほら、箱で活動しているVって今どき結構いますし、ライブオンから選ぶとしても晴先輩とかいますし……」

「あー……んーなんだろ、この気持ちを言語化するのは少し難しいけど、私が箱としてグッと惹かれたのはライブオンだったんだよね。なんていうか……温かさみたいなものを感じたんだな」

「温かさ……ですか？」

「そうそう。感覚的なものなんだけど、ライブオンの配信、特にコラボを見ているとね、面白いのと同時に温かさや繋がりみたいなものを強く感じるんだよ。でねでね、晴ちゃんは確かに始まりだけど、その温かさの中心に居るって点だと私は淡雪ちゃんな気がしてね」

「はえー？」

なんか、分かるような分からないような……本当に感覚的な話なのだろう。

マナちゃんもどう言ったらいいのかとしばらく唸っていたが、ふとなにかピンときたものが浮かんだようで「あっ！」と声をあげた。

「そう！　『家族』みたいだなって思ったの！」

「──家族」

それは──私がもう手に入らないと思っていた存在の名前だった。

引き剝がした過去が再び私に纏わりつく。

いや違う、引き剝がした気になっていただけなのだ。いくら体に纏わりつく棘まみれのツルを引きちぎろうとも、その発生源である苗床は私自身。その場しのぎは出来てもなにかを契機に餌を与えれば再びツルは伸び体を覆いつくす。私から私を引き剝がすことはできない、だからどれだけ否定したくてもそれは真実でしかない。

世界が暗くなった。

「うんうんこれだ！　ライブオンってみんなめちゃくちゃなんだけど、バラバラじゃなくて一体感があるんだよね。皆本心を全て晒し合ってるからこそ深いところで理解しあえているみたいな！　それってさ！　なんか家族みたいじゃない？」

いい答えが出せたとばかりに言葉を続けるマナちゃん。

それに対して私は……なにより戸惑いを感じていた。

そんなこと言われても、私は家族というものを知らないからだ。

当たり前を知らないことほど孤独なことはない。これほど惨めなことはない。嘲笑も同情も、全てが虚しくしか感じない。全てがお前は間違っていると言われているようで。

そしてそれを自分勝手な被害妄想と分かっていながら拗らせ続ける自分が許せない。優しさすら受け入れられない自分が許せない。なにより、何度後悔しても過去を振り払えない自分が……許せない。

手に入らないものでも私以外が持っているのなら……。

そんな卑屈なのにないものねだりばかりの私だから……マナちゃんにこんな変な質問しか返すことができなかった。

「マナちゃんって、家族とはなんだと思いますか？」

自分の声が少し震えた気がした。

それは、戸惑いからか、不安からか。

──もしくは期待からなのか。

でもそんな私の変な質問にも、マナちゃんは疑問を抱かず、真剣に考えだしてくれる。

「んー家族かー……血がつながってる人ってイメージとかあるけど、養子の人とかも家族だから一概には言えないよね。んー……きっとね、普段は気が付かないけど、いざ思い返した時にその大切さに気が付く人じゃないかな」

「――――」

「私ね、実家に居たときは家族なんてうっとうしい、1人がいいんだーって思っちゃうときあったけど、いざ独り立ちしたらすぐに会いたくて仕方なくなって、そうなって初めて家族のことをどう思っているのかが分かった気がするの。それはきっと普段は当たり前なくらい繋がっているからその大切さが分からなくて、いざ離れたとき、そうなってやっと繋がりがあったことを認識できたからじゃないかなーって」

――ふと、コメント欄に視線が吸い込まれた。

そこには、皆がいた。

〈朝霧晴〉：いぇーい！　大家族だぜー！　私皆のビッグダディ！
：ハレルン!?
：来てたのは淡雪ちゃんだけじゃなかったのか
〈宇月聖〉：家族、いいね、よしシオン、結婚しよう。これで父ポジはもらったな
〈神成シオン〉：結婚する――!!　私ママになる！
〈昼寝ネコマ〉：人様の枠でプロポーズは勘弁だぞ！　それとネコマは野良猫から飼い猫に昇格だにゃ～
〈宇月聖〉：あれ？　ネコマ君って野良猫だったっけ？

〈昼寝ネコマ〉：飼い主が多すぎて逆に野良だったんだぞ

〈神成シオン〉：遂に家と呼べる場所を見つけたんだね！

：二期生も!?

〈祭屋光〉：私お姉さん！　長女！

〈彩ましろ〉：え？　光ちゃんはむしろ妹じゃない？

〈祭屋光〉：えーそうかなー？

〈彩ましろ〉：そうそう、姉はちゃみちゃんかな

〈柳瀬ちゃみ〉：ましろちゃん！　よく分かっているじゃない！

〈彩ましろ〉：僕は姉キャラはポンコツな方が好きなんだ

〈柳瀬ちゃみ〉：思ってた理由と違ったわ……

〈祭屋光〉：うーん、まぁ淡雪ちゃんの妹ならそれもありだな！　あれ？　となるとましろちゃんはなに？

〈彩ましろ〉：あー、なんだろ？

〈柳瀬ちゃみ〉：妻とかじゃないかしら？

〈彩ましろ〉：もうそれでいいや

〈祭屋光〉：おお！　強者の余裕だ！

：あっ（尊死）

〈山谷還〉：還は勿論赤ちゃんです

〈苑風エーライ〉：私はどこがいいかな〜ですよ〜？

〈山谷還〉：組長でよくない？

〈苑風エーライ〉：それ家族は家族でもちょっと違うやつじゃないのですよ……？

〈相馬有素〉：この重大過ぎる選択、迷いに迷ったのでありますが、私は犬を貰うのであります！

〈苑風エーライ〉：迷った先がそこに辿りつく人は珍しいのですよ〜

：全員おるやんけ

：これは家族ですわ

：マナちゃんの言ったことも分かる気がするなぁ

：てぇてぇ

：なんてお騒がせ家族……

：これもうカーダシアン一家だろ

：確かに淡雪ちゃんこの誰とも繋がってるな

：繋がってるというか繋いだ（手段は問わない）

一期生が、二期生が、三期生が、四期生が――1人も欠けず、皆が――

――マナちゃんに言われた通り、今一度皆との日々のことを思い返してみる。

脳裏に浮かぶのはどこまでもおかしくて、騒々しくて、おばかで――大切で、楽しくて――なによりも輝いている思い出たち。

世界が眩しい。体に纏わりつくのは棘まみれのツルと光に咲く満開の花々。

――あぁ、やっと分かったよ。思い出がその話に花を咲かせるように、過去も自分だけの薔薇なんだね。時には棘が体を傷つけることがあっても、そこに光が射せば花は咲くんだね。

こんなに……こんなに綺麗な花を咲かせるんだね。

皆が居る。そのどれもが――もし失ったりしたら絶対に泣いてしまう程の宝物。

「だからライブオンって家族みたいだなーって1人のファンとして思ったんだけど……あれ？　違った？」

「いえ、マナちゃんの言う通りですね。私も言われて初めて気が付きました。本当に皆、私の――愛する家族です」

そうだ、彼女たちこそ私が人生を賭ける覚悟でV業界に挑んだ末に出会えた――狂おしい最愛の家族。

私お姉さん！長女
え？光ちゃんはむしろ妹じゃない？
ましろちゃん
よく分かって
還は勿論赤ちゃ
この重大過ぎる選択、
私は犬を貰うのであります！
いぇーい！大家族だぜー！
私皆のビッグダディ！
家族、いいね、よしシオン、結婚しよう
これで父ポジはもらったな
結婚するーーー!! 私ママになる！
人様の枠でプロポーズは勘弁だぞ！
それとネコマは野良猫から飼い猫に昇格だにゃ

人によってはなにがと、バカらしいと、単なるお前の思い込みだと笑う者もいるだろう。

でも最早そんなことはどうでもいい。私は彼女たちのことを家族と言えた、そして彼女たちは否定せずに応えてくれた。

それだけで私は自分自身がなにかに許されたような、そんな解放感があった。

過去を否定することはできない、目を背けてもそれは消えない、だから大切なのは受け入れること。

ライブに収益化剝奪に体調不良に……全員がなにかしらをきっかけに自分と向き合って、そして受け入れて成長してきた姿を毎度毎度間近で見てきたはずなのに、一番遅れて気づくなんて……まぁこれが私らしいのかもしれないな。

受け入れる——言葉では簡単そうに思えるけど、それはすなわち許すことと同じ。対象の思いが淀んでいれば淀んでいる程難しくなっていく。

でも——ありがとう皆。私バカだからさ、本当に今更になっちゃったけど——皆のおかげで自分を許すことができたよ。頑張ってきたなって誉めることができたよ。皆との暮らしの中で徐々に自分を認めることができて、そして今人生最大のトラウマと向き合って、それでもこんなに幸せに笑うことができたよ。

この過去があったから皆と繋がることができた、だから今までの人生全てが私そのものだって、そう思うことができたんだよ。

ふと昔コメント欄で私を中心に家系図が出来上がっているみたいなことを言われたことを思い出す。いつからか……いや、初めからかもしれない。私は無意識に今この自分に辿りつく為の旅路を歩んでいたんだ。

「ありがとうございました」

「ん？　いやいや、お礼を言いたいのは来てくれた私の方だよ！　……でも、もうすぐ時間だね。よし、じゃあここからは推しを前にしてファンじゃなくて、Ｖの先輩としてのエールだよ！　聞いてくれるかな？」

「はい！」

「私はもうこれでＶ業界からは完全に卒業するけど……貴方たちのような立派な後輩がいるからこそ、こうして晴れやかに卒業できます。これからも頑張ってね、応援してる」

「はい……マナちゃんも、今まで本当にお疲れさまでした！　大丈夫、伝説は始まってもまだ終わっていません！　これからもライブオン一同、輝き続けます！」

こうして、私の出番は終わり、その後も配信は滞りなく進み、最後は大きな感動と共にマナちゃんは卒業していった。

これが初対面にもかかわらず、大事なことを教えてもらってしまったな。

——そう、こういった直接のやりとりだけじゃなく、間接的にも大勢の先人たちがバーチャルの世界を形成していってくれたからこそ今の私たちがいる。

その先人たちの中にはマナちゃんのように卒業した人もいれば、まだ現役バリバリな人もいる。

そして共に今の世代を走っている人もいる。これからデビューしていく後輩たちもいる。皆がいるからVTuberは生きている。

どうかその全てに幸がありますように。

様々な感情が吹き荒れる心を整理しようと、今の気持ちを一言で表そうと考えたとき、最終的に辿り着いたのはVに出会ったころから一貫している至ってシンプルなものだった。

私は——VTuberが大好きです。

エピローグ

後日、私は両親の眠る墓石の前に独り立っていた。この場所に自分の意思で来たのは今日が初めてだった。

広めの墓地だが、時間を調整したため、周りに人はほとんどいない。

マナちゃんに会うまで目を逸らし続けてきたトラウマに明確なけじめをつけるため……私は、両親に向かってゆっくりと口を開いた。

「お久しぶりです、雪です」

一度口を開けば、自分でも驚くくらい堂々とした声を出すことができた。

「本当にお久しぶりですね。ふふっ、とんでもない親不孝ものですね私は。恨んでくれていいですよ、私もお2人のことなんて大嫌いでした」

子供のころ言いたかったけど、言う機会すら消えてしまった言葉たちが、今になって蘇(よみがえ)る。

「でも……実は今日は文句を言いに来たわけじゃないんですよ。他にどうしても一つ言いたかったことがあるんです」

一度目を閉じて息を吸ったあと、視線をしっかりと前に向け、はっきりと、今2人に最も伝えたいこと——大きな感謝を伝える。

「産んでくれてありがとう！　……それじゃ」

それっきり、墓地を後にする。もう過去は振り返ることはあっても囚われない。

うん、私はVTuberだからね。今や現代ネットカルチャーの象徴のような存在だ。過去に縛られるのなんて似合わない。

帰りの電車の中で、私はスマホでライブオンの公式ホームページを開いた。

卒業配信の日、エールをくれたマナちゃんへ最後に贈った言葉を思い出す。

そう、伝説は始まってもまだ終わっていない——

【ライブオン五期生・デビュー決定‼】

これからも紡がれ続けていくのだ。

あとがき

『ぶいでん』の6巻を手に取っていただきありがとうございます。作者の七斗七です。

最終巻じゃありません‼笑　webで投稿した時めっちゃいじられました笑
ちなみに、そう思わせてしまう理由の本巻最後の話『狂おしい最愛の家族』ですが、この話タイトルはにじさんじ様所属の笹木咲様が投稿した替え歌動画からの引用になっています。私このフレーズが大好きでして、ライブオンという箱はこのフレーズのような環境になることを理想として構築してきました。

区切りの巻ということもあり、この『狂おしい最愛の家族』を読者様の視点からも体現できていれば幸いです。笹木咲様、素晴らしい歌詞をありがとうございました（もしご迷惑でしたらごめんなさい……）。

次に、帯にもあります通り、本作のアニメ化のお話を頂きました。

とても嬉しく、そして光栄に思います。アニメ制作の皆様、これから何卒よろしくお願い致します。

同時に相変わらず作品規模の広がりにビビってはいますが、最近は流石に多少は慣れてきたかと。今思えば本作がPVからバズってからしばらくはとにかくプレッシャーに押しつぶされそうでした。人気作になってくれて嬉しい！　でも周りの期待にその分応えなければ……これがいきすぎると少しでも期待を裏切ってしまったかもと思うだけで死です。適当な理由付けてイキるのとかはもう完全にプレッシャーへの敗北ですね。

今はただ目の前の創作を楽しむのが一番だと思います。楽しんで、そして笑うことってまじで大事です、これでもコメディ作家ですしね。ファンは作品で、アンチもいたらいっそのことバカにして笑ってください（やりすぎない程度にはしてね……）。

さて、エピローグにもあったように次巻からはライブオン五期生が加入し、ライブオンがまた新しくなります、お楽しみに。作品も私も成長し続けたいものですね。

そういえば、近頃VTuberラノベの書籍も増えてきた印象がありますね。webも探してみると、私も感銘を受けた先駆者様の作品や、最新の流れを汲んだ作品などが見つかって面白いと思いますよ。

最後に、６巻も制作にご協力してくださった皆様、そして応援してくださる皆様、本当にいつもありがとうございます。７巻でまたお会いしましょう。

お便りはこちらまで

〒一〇二－八一七七
ファンタジア文庫編集部気付
七斗七（様）宛
塩かずのこ（様）宛

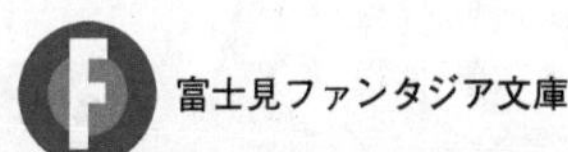

VTuberなんだが配信切り忘れたら伝説になってた6

令和5年1月20日　初版発行
令和5年4月15日　3版発行

著者――七斗　七

発行者――山下直久
発　行――株式会社KADOKAWA
〒102-8177
東京都千代田区富士見2-13-3
0570-002-301（ナビダイヤル）
印刷所――株式会社KADOKAWA
製本所――株式会社KADOKAWA

※定価はカバーに表示してあります。
●お問い合わせ
https://www.kadokawa.co.jp/（「お問い合わせ」へお進みください）
※内容によっては、お答えできない場合があります。
※サポートは日本国内のみとさせていただきます。
※Japanese text only

ISBN978-4-04-074692-0 C0193　◆◇◇